PARA SIEMPRE ES MUCHO TIEMPO

CAROLINA IGLESIAS

PARA SIEMPRE ES MUCHO TIEMPO

temas de hoy

Corrección de estilo de cargo de Andrés Prieto

temas de hoy, un sello editorial de Editorial Planeta, S. A.
Avda. Diagonal, 662-664, 08034 Barcelona (España)
www.planetadelibros.com

Primera edición: febrero de 2025
ISBN: 978-84-10293-37-3
Depósito legal: B. 3.589-2025
Composición: Realización Planeta
Impresión y encuadernación: Black Print CPI
Printed in Spain - Impreso en España

A todas las personas que no tienen miedo del siempre.
Y a las que sí, también. Normal que os asuste.

PRIMERA PARTE
LO DE AHORA

1
EMPODERAMIENTO INSEGURO

«O buscamos una solución o tú no vas a poder hacer esto, porque no se te da bien leer.»

Las palabras de mi profesora aún me retumban en la cabeza. Me ocurrió algo que todavía me pasa en ocasiones. Soy una persona insegura, el síndrome del impostor podría pagar conmigo el alquiler del piso, y pienso constantemente que no merezco ocupar los espacios que ocupo... Pero eso me lo digo yo, no tú. Reconozco que es una forma de empoderarse muy rara, de enfrentarte a esa gente que te dice que no puedes, y no porque creas que puedes, sino porque prefieres decírtelo tú. Empoderada desde mi propia inseguridad.

Quizá esa fue la primera vez que puse en práctica mi particular sistema de defensa. Por entonces yo tenía trece años. Fascinada por los poemas de Gloria Fuertes y soñando en voz bajita con dedicarme a escribir, había decidido presentarme a un concurso escolar de poesía. Igual este comienzo no es muy espectacular, soy consciente de ello. El caso es que siempre he sido muy pasional. Cuando me gustaba algo, me gustaba muchísimo. Me encantaba *La bella y la bestia*, así que recortaba cada foto que encontraba en las revistas, por minúscula que fuera, y la conservaba sin ningún otro fin que rebozarme mentalmente en aquello que me apasionaba. A lo mejor simplemente veía las fotos un rato y luego las volvía a guardar, pero disfrutaba mucho esos momentos. Con Gloria me ocurría igual, me guardaba vídeos de sus entrevistas y recitales en mi iPod de 30 gigas y los veía una y otra vez hasta que me los aprendía o me quedaba sin batería. Buscaba «Gloria Fuertes» en YouTube y me tragaba cualquier cosa que apareciera. Y escribía sin parar, versos que podrían hacer sonrojar de vergüenza a cualquier lector.

Digamos que nunca imaginé que mi primer recital sería en un instituto, un lugar en el que yo no solía brillar. Tampoco es que brillara en ninguna asignatura, ni siquiera en Gimnasia. Así que escribí unos versos en los que imaginaba que había una niña que brillaba encerrada en un palacio de cristal rodeado de un bosque. En ese bosque había unos habitantes, a los que yo mentalmente les había puesto la cara de la chica que se metía conmigo en clase, y me ensañé con los adjetivos calificativos. Envié el texto y a los pocos días me comunicaron que me habían seleccionado para leerlo delante de otros institutos en la final. Te lo confieso: no me había leído bien las bases y lo mandé sin saber que tendría que hablar en público.

Resulta que había sido la única de mi instituto en pasar a la final y los murmullos de que iba a tener que actuar en público corrieron como la pólvora por todo aquel centro del que yo contaba los años que me quedaban para salir. Los profesores me preguntaban: «¿De qué habla tu poema?». (Un consejo: nunca le preguntes esto a alguien que escribe. Si lo ha escrito y no lo ha verbalizado será que no le apetece hablar de ello, yo qué sé, suéltame el brazo.) La de Inglés decidió, sin que nadie se lo pidiera, echarse a la espalda la responsabilidad del recital. Me dijo que por qué no practicaba recitando delante de toda mi clase. Una propuesta igual de apetecible que llamar «mamá» a una profesora, pero como no conocía la asertividad de aquella le dije que sí. Pasados unos días, leí el texto delante de veinte compañeros a las diez de la mañana. ¿Alguna vez habéis ido a un recital de poesía a las diez de la mañana? Exacto. Fue horrible. Quince minutos de silencio sepulcral durante los que yo leí mis versos titubeando. Unos versos con los que me había empoderado escribiéndolos, pero que no me atrevía a leer con seguridad. Escuchaba la respiración del último de la fila, del repetidor que contaba y amontonaba sus papeles de liar encima de la mesa y de la que se dedicó durante años a hacerme la vida imposible en cursos anteriores. Menudo material le estaba dando para volver a reírse de mí.

En ese momento fue cuando mi profesora me miró desde detrás de las gafas, con su ropa de Desigual (como toda profe de Inglés) y su bigote canoso y me dijo: «O buscamos una solución o tú no vas a poder hacer esto porque no se te da bien leer». Para que luego digan que los haters se esconden en el anonimato. No le tembló el bigote al decírmelo.

Procesé su frase en silencio y pasé la mañana como pude, con una sensación rara, como de humillación, deseando que nadie más hubiese escuchado aquello. A los pocos días me enteré de que ella se había tomado la licencia de llevar mi texto impreso a otras clases para que algún compañero lo interpretase por mí. Todo hombres, como dato. Y, por supuesto, cogió al típico gracioso que leía el texto levantando el brazo y clamando al cielo como si fuese Hamlet con su «Ser o no ser». Según ella, era apto para leer mis poemas un tío que escribía *haber* con *v*.

Ahí fue cuando me vine arriba y tuve mi primera explosión de empoderamiento inseguro. Fui a su despacho y le dije, sin mirarla a la cara y con un hilillo de voz: «El poema lo he escrito yo y lo voy a leer yo». Le pedí mi texto, que ella había impreso, y lo rompí en su cara. No tenía ningún sentido aquella reivindicación porque ella tenía una copia en word en su mail, pero me pareció muy metafórico y que con él yo quedaba de chula. Por supuesto, salí corriendo antes de escuchar su réplica. Que una es chula, pero sobre todo cobarde, y en las películas la respuesta a una frase épica siempre es irrelevante.

Al final, cuando gané el concurso (porque lo gané, aunque eso da igual) se me acercó con una sonrisa que me mostraba todas esas piezas dentales amarillentas por el café y el tabaco y me dijo: «Felicidades, siempre supe que lo lograrías». Y ahí me habría encantado decirle que, por culpa de personas como ella, mi generación no sueña, no pelea y no tiene ilusión. Que pisarle la cabeza a una adolescente que solo quiere hacer algo fuera del ámbito escolar, un lugar que muchas veces es una cárcel, quizá no sea la mejor de las ideas. Sobre todo con una frase lapidaria que, en una etapa tan vulnerable de la vida, puede marcarte para siempre. Pero me limité a sonreír y a responderle: «Gracias, no lo habría conseguido sin ti».

Y ese fue uno de mis primeros contactos con la demagogia.

2
CREMA ANTIRROZADURAS DEL DECATHLON

No soy de Madrid, pero vivo en Madrid por culpa de las series. Y por culpa de romantizar las fotos nocturnas del cartel luminoso de Schweppes en la Gran Vía estoy aquí. Llevo casi la mitad de mi vida en una ciudad en la que aspira a vivir mucha gente, pero de la que huye todo el mundo en verano. Es un lugar en el que todo el tiempo hay cosas que hacer, y la oferta cultural es tan abrumadora que terminas tomándote una cerveza en el bar de siempre, que es una mierda, pero siempre hay sitio. En Madrid puedes conocer a gente sin parar, puedes hacer planes hasta que se te acabe el dinero e incluso entonces podrás continuar yendo a cientos de sitios gratuitos para seguir viviendo. Sintiendo que exprimes la vida como las naranjas del zumo de cuatro euros que te sirven en cualquier lado. Con una pajita de cartón, eso sí, que el planeta no se salva solo.

Aquí te sientes por momentos el personaje protagonista de tu propia serie, aunque puede que las tramas sean en ocasiones más flojas. Si algún artista internacional viene a España, rara vez no canta en algún estadio del país y grita «Thank you, Madrid», con lo que te hace sentir la persona más especial del universo aunque no seas de Madrid y aunque le hayan escrito un papel que le han dejado en el suelo con el nombre de la ciudad cinco minutos antes de salir, pues el día anterior había dicho «Thank you, Roma».

Cuando todavía vivía con mis padres en Suances, guardaba artículos que hablaban de Madrid en la carpeta de favoritos de mi explorador de internet. Qué viejo suena esto ya. Tenía un mapa del centro de Madrid en mi cuarto, como si fuese un póster de una revista adolescente de Orlando Bloom. Mi fanatismo hacia la ciudad era tal que el verano de mis diecisiete lo dediqué a archivar en una carpeta de acordeón todas las recomendaciones que llevaba años acumulando. Recortes de las revistas *¡Hola!* de mi abuela, que recomendaban restaurantes u obras de teatro que posiblemente ya no estuviesen en cartelera. También tenía discotecas, bares, conciertos... Todo lo que tuviese escrito «Madrid» en el titular yo lo había impreso o recortado para mi colección. La carpeta de acordeón tenía varias pestañas para separar los papeles por temáticas: FIESTA, OCIO Y MÚSICA, COMIDA, TRANSPORTE y VARIOS. En VARIOS cabía todo lo que no se me había ocurrido cómo clasificar. Me gustaba clasificar las cosas, me daba tranquilidad. También tenía una carpeta de consejos para ligar con chicos, pero en este caso era un coleccionable de la *Súper Pop* y las categorías eran LIGAR, CÓMO SON LOS CHICOS y CUÍDATE. Que uno de los pilares fundamentales para ligar fuera cuidar tu físico o aprender a maquillarte era terrorífico, pero, pese a haber tenido todos esos referentes cuando era pequeña, no he salido tan mal.

Así que podría decirse que ahora estoy cumpliendo mi sueño. Estoy en un autobús de la EMT, con la cabeza pegada a la ventanilla. Cuando el vehículo frena en alguna parada para que suban los pasajeros, vibra mucho y si pego la oreja a la ventana, el cristal me hace cosquillas. No me resultan desagradables, pero tampoco me agradan. Aun así, no puedo dejar de hacerlo, como intentar que un interruptor se quede a la mitad y comprobar si así apaga o enciende. O en el caso de tener una pinza del pelo cerca, clavármela en la mano para ver las marcas que deja. Son tonterías que no podría decir que considero aficiones, pero las practico más que algunas actividades de las que me he declarado apasionada en aplicaciones de citas, como el senderismo. Mi relación con el deporte se basa fundamentalmente en echarme la crema antirrozaduras de Decathlon en los muslos.

El autobús arranca diligente sin que los pasajeros que acaban de subir se hayan sentado y una señora salva su caída sujetándose a un chico con rastas y un skate en la espalda. Empieza a decir en alto frases dirigidas al conductor, pero sin gritarlas demasiado fuerte. Como que quiere mostrar su enfado, pero tal vez le da vergüenza llamar la atención. Pensé que esa señora podría ser yo dentro de cuarenta años, una escapista del conflicto. «Ya está bien...», musitaba sin mirarlo a los ojos, buscando complicidad en el resto de los pasajeros que habían subido e iban encontrando asiento. Otro hombre grita: «Es que este conductor va a toda hostia. Que lleva vidas humanas: tenemos prisa, pero queremos vivir». Podría ser un lema del ayuntamiento: «Madrid: tenemos prisa, pero queremos vivir». Me lo imagino encima de una foto de dos treintañeras riendo exageradamente. Una podría ser negra para convencernos de que lo del racismo ya estaría.

Yo sonrío y subo el volumen de la música que suena en mi airpod izquierdo. Hace unos meses, volviendo de fiesta, se me cayó al suelo el auricular derecho y lo pisé: estaba tan enfadada conmigo misma que decidí que todavía no merecía uno nuevo. Eso, y que vale una pasta que es casi la mitad de mi alquiler mensual.

Entre la discusión del autobús y el aviso automático del móvil de «Está usted escuchando la música demasiado alta, ¿quiere tener que ir a GAES antes de los cuarenta?», he perdido el hilo de la conversación de WhatsApp con mis amigas, a las que a partir de ahora me referiré por su nombre oficial: el Ministerio del Coño.

3
LAS MINISTRAS DEL COÑO

La conversación echa humo porque África le ha hecho *ghosting* a una chica con la que se había enrollado, y Sara y yo la estamos obligando a mandarle al menos un mensaje. Se lo estábamos redactando como si fuese nuestra buena obra de ese día. Debatimos sobre si terminar el mensaje con emoticonos y cuáles eran mejores. Sara votaba por el que es una cara sonriente colorada y a mí me parece que así África quedará como una psicópata. Es verdad que ella no es la persona con más responsabilidad afectiva que conozco: huye tanto del compromiso que no le gusta ni firmar el contrato de alquiler de su piso. Cuando alguien nos pregunta de qué nos conocemos tenemos pactado responder que «de amigos comunes», porque la realidad es que la conocí por Tinder. Al poco de darme de alta en la app para olvidar a la primera chica que me rompió el corazón, me encontré a África y me pareció guapa. La elección de fotos de su perfil parecía casual: mucha foto mirando hacia ninguna parte con una sonrisa, una foto en el Orgullo con la bandera arcoíris pintada en la cara y, para terminar, una en bikini luciendo su cuerpo bronceado y tonificado por la genética. Cuando quedamos para tomar una cerveza, ella actuaba como si fuese Mario Casas en *Tres metros sobre el cielo* y yo temía que en algún momento acabase llamándome «nena». Empezamos a bromear y a seguirnos cada chiste que hacía la otra, nos contamos anécdotas ridículas y cuando vi a África fuera de su carcasa de «No te pilles de mí, nena» diciéndome cómo había vomitado entre dos coches en las fiestas de su pueblo, asumí que no íbamos a ser novias, pero sí muy amigas. Y diez años después ahí estaba, obligándola a que le mandase a una chica el emoticono de la cara que da un beso que acaba en un corazón.

Sara
Chicas, ha empezado hoy
Mercurio retrógrado, eso lo
cambia todo

Sara sabe que África desearía llamarlo «mi coño retrógrado», pero esta sabe lo importante que es el horóscopo para Sara y se aguanta. En la universidad, se sacaba un sobresueldo echándoles las cartas a los estudiantes. Podía interpretarte el futuro leyendo una baraja española con el seis de bastos en un lado y un logo de Fanta antiguo en el otro. En época de exámenes ganaba tanto dinero que podría tener para pagar la entrada de un piso si no se lo hubiese gastado en una bicicleta y un refugio de animales en Soria que necesitaba financiación. La conocí en la biblioteca de la facultad, donde yo estaba estudiando Alemán 1 completamente desesperada y arrepintiéndome de no haber sido más fan de Tokio Hotel de adolescente. Una mano llena de anillos plateados me había dejado una piedra rosa enfrente de mí. Al levantar la mirada me encontré a Sara sonriéndome. «Es cuarzo rosa, te ayudará, tenla cerca del corazón el día del examen.» En aquel momento, si me hubieran dicho que una mierda seca me ayudaría a aprobar, me habría metido un zurullo en el sujetador sin dudarlo un instante. Y aunque le hice caso, no aprobé, pero nos acabamos haciendo amigas.

África
¿Y qué coño hacemos con
Mercurio retrógrado?

Sara
Yo pondría el emoticono de una
planta, pero no una flor que la
pueda confundir creyendo que
quieres una relación con ella,
igual puedes enviarle una hoja

África
Sara, cómo voy a mandar a esta
chica la misma hoja que le envío
al camello por whatsapp cuando
quiero comprar un cogollo

En mi móvil, mientras mantenemos este debate tan importante, aparecen varias ventanas en la parte superior que notifican mensajes del grupo de WhatsApp del trabajo, que me recuerdan el texto que me mandaron corregir hace semanas y que aún no he entregado. Me entra cargo de conciencia y silencio el grupo.

Aprieto el botón de SOLICITAR PARADA y se enciende la luz roja. Sara y África siguen sin llegar a una conclusión y están empezando a delirar mandando imágenes de Belén Esteban sin contexto. El autobús frena y me bajo dirigiendo una última mirada a la señora que se agarró al rastafari skater como un tití y que ahora está muy concentrada juntando bolitas del mismo color en un juego de su móvil con tapa de tela morada.

Tecleo en la conversación con el Ministerio del Coño mientras camino por la calle.

Paula
No pongas emoticonos.
Ponle al final «Un beso».
Y yo creo que queda bien,
¿no?

África
Tía, es que tienes razón. Cómo
se nota que follas poco, que
tienes espacio en disco para
estos temas

La forma de África de agradecer cosas no siempre es la más correcta, pero sé que está satisfecha con mi opción.

4
¡PELOS FUERA!

Me planto delante de un edificio de paredes blancas que corona un rótulo de PELOS FUERA. La L de PELOS es una tijera muy abierta. No sé si se llama «Pelos fuera» por hacer un juego de palabras con aquella frase de Mazinger Z, «Puños fuera», pero el mensaje es claro para un centro de depilación láser.

Llevo cinco años depilándome con láser. ¿Me gusta? No. ¿Lo hago? Sí. Me siento mal por hacerlo. Como que estoy fallando al feminismo, o algo así. Como si Virginia Woolf tuviese un excel en el que tacha a las que pasan cuando les abren la puerta o llaman «puta» a otra mujer. Siento que en su habitación propia no cabe mi láser de diodo, así que cuando me voy a depilar con láser digo que voy al psicólogo. Antes, decir que ibas al psicólogo tampoco estaba bien visto y la gente se inventaba que tenía que acudir a otro sitio. Me gusta pensar que en veinte años se volverá a dar la vuelta y la gente a la que le dé vergüenza ir al dentista dirá que va a hacerse la depilación láser.

Siempre he tenido mucho complejo con mi pelo, es una de las cosas que les he echado en cara a mis padres desde que empecé a percibir que tener tanto era algo que se señalaba. Como si ellos fuesen el profesor de *Las Supernenas* y me hubiesen creado a su gusto en un bol. Sin duda echaron en la olla demasiada intensidad, inseguridad y pelo. En el colegio decían que me parecía a Isabel Pantoja por el vello de mis brazos, mis patillas y el puto pelo de la barbilla que se me infectaba y en el que me salían granos. Mi abuela me decía que de mayor se me caerían. Mi madre intentaba convencerme de que parecerme a ella era algo positivo, que era una cantante de éxito que mucha gente admiraba y que ojalá más gente fuera como ella. Es cierto que el discurso se le cayó un poco años después porque tuvo algo de lío judicial, pero es que en el colegio tampoco funcionaba. El médico decía: «Es hormonal, les pasa a todos», y yo veía el pelo finito en los brazos de mis compañeras y sentía que ese caballero me estaba mintiendo. Veía trucos en internet para tener menos pelo en los brazos y después de pasarme con una hoja de lechuga en las extremidades durante dos horas decidí asumir que así era mi cuerpo. Hasta que conocí la depilación láser y ese discurso de aceptación se fue un poco al garete. No soy perfecta, que me detengan. Tengo mis grises, no me gusta el pelo en mis piernas, pero me da igual la pierna ajena. No sé si esto es deconstrucción o que me la suda lo que haga la gente.

Cuando empecé a depilarme, solo me depilaba media pierna porque no tenía dinero para la pierna entera. Sí que aprendí a amar el pelo de mis brazos, supongo que por aceptación, porque no tenía más dinero o también porque me hice mayor y empecé a tener problemas más graves como pagar mis facturas o encontrar a alguien que me quiera muchísimo para siempre. Quieras que no, acabas simplificando tus preocupaciones pueriles y comienzas a preocuparte por cosas más importantes. Aunque creo que me seguiría dando ansiedad que dijeran mi nombre en la canción de hacerse pis en el saco de dormir.

Visto desde fuera, pagar para que te den calambres en el cuerpo que duelen mucho es un modelo de negocio dudoso. Yo pensaba que me quitaría de encima algunas inseguridades y no puedo negar que en algo me ayudó, pero tampoco mucho. Me he hecho fuerte antes, y sobre todo durante, porque si llegas a una clínica de depilación con la autoestima baja es muy probable que salgas de ahí habiendo firmado que te hagan el láser en todo el cuerpo a ti y a tus futuros hijos nonatos. La luz de las salas es como de quirófano, para que se te vea hasta el más mínimo pelo. Y por supuesto tienen un lema: el pelo es el enemigo. La primera vez que fui me hicieron un examen gratuito. Es verdad que solo me faltaba que me cobrasen para decirme que tengo pelo por todo el cuerpo; ya tengo espejos y traumas, y yo también sé que tengo pelo por todo el maldito cuerpo, señora médica. Que ni siquiera sé si es médica porque los títulos que tiene enmarcados en las paredes tienen la letra muy pequeña y no se lee desde la camilla. A lo mejor ponen PRIMERA DAMA CONCURSO DE MISS NERJA 1997 y yo aquí confiándole mis pantorrillas a una impostora.

Esa primera consulta gratuita es una trampa. Consiste en quedarse en ropa interior delante de una desconocida y que esta te diga cuántas sesiones de láser necesitas para las zonas que te quieres hacer, además de insistir y señalar que también tienes pelo en muchas otras y que por qué no te las haces también. Para ellas es perfecto, estás en una posición vulnerable e incómoda, y dispuesta a gastarte los euros. Para ti es un ejercicio de asertividad más complicado que decir que no a los carpeteros de las ONG que te intentan captar por la calle. Hace poco, una de aquellas mujeres, mientras me pasaba ese cacharro del infierno por las ingles, me preguntó que por qué no me quitaba los cuatro pelos del bigote que tenía, que me afeaban la cara. Decliné la oferta con una sonrisa enmarcada por mis cuatro pelos del bigote. Ir al láser me ha hecho querer depilarme menos. Me ha hecho encontrar razones para no depilarme, aunque solo sea fastidiar a las personas que sí lo hacen.

Hace un año, cuando ahorré y empecé a tener más trabajo, decidí depilarme las piernas enteras. Fue un momento simbólico para mí: de alguna manera significaba que me estaba yendo bien en el curro y se lo debía a aquella Pau que hizo números para que una señora con mascarilla le friese la mitad de las piernas. Todo se redujo a pasar la tarjeta de crédito por el datáfono del centro y negarme en rotundo a que me depilasen los brazos y el culo; había sido mucho más emocionante en mi cabeza. Al final me gustan los putos pelos del brazo.

Estrujo el bote de crema con aloe vera hasta sacarle el último mililitro de contenido. Con las piernas cubiertas de crema blanca como si fuese un pastel de nata, camino sin doblar las rodillas hasta la cocina para coger un cuchillo con el que empiezo a rajar el bote siguiendo su contorno de manera poco uniforme. Rebaño su interior con los dedos y me unto en las piernas el escaso líquido viscoso que contiene.

En una mesita que compré en la teletienda cuyas patas son tan pequeñas que pueden pasar por debajo del sofá reposa mi portátil abierto. Tengo la pestaña del email abierto y un word en otra. El documento en cuestión tiene ciento treinta y cinco páginas que no podía seguir procrastinando. Llevo ya cien páginas y lo celebro bebiendo un trago de mi cerveza y mordiendo un cacho de la pizza precocinada que me he comprado para la ocasión. Mi móvil se ilumina, mis padres me dan las buenas noches en el grupo de WhatsApp familiar. Envían una foto de ellos desde el faro de Suances, donde se han ido de excursión. Aunque llevan en Suances más de cincuenta años de su vida y probablemente van al faro unas diez veces al año, cada vez que están allí tienen que enviar una foto de ambos sonrientes con el mar de fondo. Me enternece ver que esta vez se han aventurado a hacer un selfi y a mi padre solamente se le ve la nariz y los ojos. Les escribo un «Buenas noches» junto a muchos corazones y una imagen de dos perritos que se abrazan que sé que a mi madre le hará gracia. Mi madre comenta esto predeciblemente con un emoticono que ríe con lágrimas en los ojos. Me acaba de llegar un nuevo like a la foto que he subido a Instagram hace unos días, motivo suficiente para meterme en la app y echar allí un rato. Entro en el perfil de una antigua compañera de la universidad, a la que si me encontrase por la calle a lo mejor ni saludaría, que se ha retratado en bikini. Ella está muy delgada, el bikini es muy pequeño y tiene un piercing en el ombligo y un tatuaje al lado. Me pregunto cómo será tener el vientre plano, cómo será la vida sin la marca del vaquero tatuada en rojo por toda tu cintura después de estar sentada varias horas. Supongo que ella habrá hecho sus esfuerzos para llegar a tener el vientre así. Muerdo otro trozo de mi pizza, pero lo dejo cuando llego al borde, que deposito en el plato. Por algo se empieza.

5
ME PONE TRISTE VOLVER A CASA DE MIS PADRES

Me pone triste volver a casa de mis padres: es un secreto que ahogo en la garganta cada vez que me preguntan cuánto tiempo llevo sin verlos. No quiero, no me gusta, me vuelvo fatal, me remueve recuerdos que aún me dañan por mucho que los trate en terapia y, si pudiera, solo iría en Navidad.

Pero como ante todo soy una persona que necesita complacer, me he escapado un finde a Suances para ver a mis padres, aunque casi pierdo el tren por estar hasta tarde mirando de reojo el documento que tenía que corregir. Mi madre llevaba un mes preguntando cuándo iba a pasarme por allí después de haber estado varios meses dejándomelo caer de forma sutil leyéndome por notas de voz la programación de las fiestas o una noticia de que Suances era el pueblo más bonito de Europa, según un periódico digital con dos lectores.

Tenían ganas de verme, llevaba demasiados meses sin pisar Cantabria. No me gusta organizar planes con mucha antelación. Me cuesta planear un viaje fuera de Madrid porque siento que me pierdo cosas y, mientras pienso eso, soy consciente de lo absurdo que es no querer salir de la ciudad. Porque si justo ocurre algo en Madrid, se repetirá en algún momento. Lo insólito sucede en lugares pequeños. Es raro que Shakira venga a Suances a cantar, y eso sí sería algo que dolería perderse. En Madrid es probable que vuelva al año siguiente a hacer algo similar. Madrid parece una serie en la que quieren ir alargando temporadas y, para ello, cambian el reparto constantemente cuando los actores se hacen mayores. Pero al final terminan recurriendo a las mismas tramas. La adolescente que se queda embarazada y termina abortando, el chico que descubre su sexualidad con su mejor amigo, un camarero que sueña con ser actor... No hay historias que no hayan ocurrido en Madrid.

Estoy sentada en la cama donde he pasado mis primeros dieciocho años de vida. Una cosa que agradezco a mis padres es que cuando me fui de casa no convirtieron mi habitación en una exposición de todas las hojas de árboles que recogen cada vez que se van de excursión por el monte. La han dejado exactamente igual que estaba cuando me fui. Un póster de Hugo Silva amarillento y medio despegado resiste en las paredes de gotelé verdes del cuarto. Un corcho decorado con chapas de cerveza pegadas en el borde que en algún momento me pareció algo guay y elegante. Fotos en ese corcho con amigas, sacando la lengua manchada de vodka negro para demostrar que bebía. Tengo una en la que salgo sujetando un cigarro como si fuera un destornillador porque no sabía fumar. Una banda que pone FELIZ CUMPLEAÑOS de un cumple que no era el mío, pero que me resultó un elemento decorativo imprescindible. Llevaba seis meses sin dormir en esta habitación con la excusa del trabajo. Me acerco al corcho que descansa en la pared, que acumula polvo en cada punto del gotelé que sobresale, y lo descuelgo. Detrás están escritos los nombres de los chicos que me han gustado. Había leído en una revista que si escribías su nombre en un sitio secreto y metías una hoja de laurel en un vaso de agua por la noche, esa persona se enamoraría de ti. Cuando era pequeña, creía más en la *Súper Pop* que en mí misma. Había muchos nombres, algunos ni siquiera me gustaban, pero como eran los que triunfaban entre las chicas, yo los incluía para integrarme hasta haciendo conjuros. Muchos nombres: Daniel, Ricardo, El Porros (no hace falta explicar su profesión)... Y Clau.

6
CLAU

Claudia era de 6.º A y yo era de 3.º A. Al año siguiente se iría al instituto, pero yo prefería no pensarlo porque aquello significaba que no la vería más. La gente que se iba al instituto nunca volvía al colegio, era como un agujero negro de puntos negros. Como mucho se pasaban una vez para saludar a los profesores que antes odiaban con todas sus fuerzas, pero ya eran adultos de doce años y medio y habían dejado atrás todo eso. Nunca entendí qué les pasaba por la cabeza.

Creo que quiero ser amiga de Claudia, o que sea mi madre, como Silvia Jato, la de *Pasapalabra*. Años después, descubrí que besaría a todas aquellas que durante mi infancia quería que fueran mi madre. No sé si tengo algún problema con ella o simplemente quiero que pasen tanto tiempo conmigo como mi progenitora. Aunque sea invertida, en ningún caso quiero besar a mi madre, por si hay dudas.

En el recreo me gustaba observar a Claudia. Ella se relacionaba con la gente, ajena a lo que generaba. Sonreía, hacía reír, destacaba en su discreción. Había escuchado su voz pocas veces, porque siempre la miraba desde una distancia prudencial. Pero me la inventaba. Me la imaginaba siendo la persona más divertida e inteligente. En los bailes de fin de curso ella siempre estaba en el centro y eso, cuando tu mejor papel en una obra escolar es sujetando una pared, impresiona mucho. Era la heroína de la historia, la protagonista. La semilla de la que brotan las raíces de cualquier secundaria.

Claudia era el centro. La llamaban Clau. Vaya nombre de persona guay. Clau.

Solo hablé con Clau en dos ocasiones. Un día, saliendo al patio del recreo, tropecé con ella al sonar el timbre y me sonrió diciendo «Perdona». Yo la miré en silencio porque hasta ahí es donde pudo llegar mi vergüenza.

La otra vez fue, sin saberlo, una de las cosas más románticas que he hecho por amor sin saber que era amor (no sé en qué lugar me deja esto si lo más romántico que he hecho en mis treinta y tres años de vida ha sido sin querer y con diez años):

Un día, en el patio del colegio, escuché a Clau diciendo que su concursante favorita de *Operación Triunfo 1* era Natalia. «Claro que es Natalia, es la que le gusta a la gente guay», pensé. Estaba enseñando su colección de fotos de *OT* a varias compañeras y le faltaba una de

Natalia que yo tampoco tenía. Me quedé con ese dato en la cabeza, y me acercaba a cada grupo de personas que veía con el álbum en la mano. Intercambiaba fotos para intentar encontrar la número 45, la de Natalia posando con un fondo azul y un top palabra de honor granate que en su momento era lo más y que ahora parece que vuelve a estar de moda.

Todavía no había aprendido a disimular y cuando se la vi a una niña que me estaba enseñando su colección mientras yo replicaba «sile» y «nole», mostré demasiada euforia al gritar «nole» cuando vi la foto 75. La puta niña prácticamente me atracó al pedirme veinte fotos a cambio de la número 75, que tanta ilusión me había hecho encontrar.

Escribí detrás de esa foto PARA: CLAU. DE: PAULA. Acababa de aprender el uso de los dos puntos y los utilizaba sin parar.

Después de unas semanas, en las que cogí fuerzas para acercarme a Clau, me aproximé a ella con la foto de Natalia extendida en mi mano temblorosa y le dije: «Toma, es para ti». Ella me miró un poco sorprendida y, sin dejar de sonreír, me respondió: «Cariño, pero esta es tuya, no te voy a dejar sin ella». Y es verdad que era mía y que, aunque me faltaba en mi colección prefería que la tuviese ella, pero me parecía difícil explicárselo. Respondí mirándola con los ojos muy abiertos. Y ella, sin mostrar un ápice de incomodidad por mi mutismo selectivo, concluyó: «Además, ya la tengo... Pero te lo agradezco un montón», con una dulzura que me hizo sentir abrazada. Parece que, en esas semanas de preparación para algo tan complicado como darle una foto a una persona, Clau se había dedicado a terminar su colección de fotos. Así que la archivé en mi álbum. No volví a ver a Claudia, no pasó nunca por el colegio y yo nunca terminé la colección de fotos de *Operación Triunfo*.

7
UN PALILLO ENGANCHADO EN LA TECLA DE LA SOLEDAD

Supongo que, si dijese en voz alta que no quiero ir a ver a mis padres a Suances, ellos pensarían que algo han hecho mal conmigo. Me gustan el mar, tener que abrigarme en verano, la vida pausada y mi familia. Me gustan muchísimo y me dan una tranquilidad que no consigo en otro lugar. Pero en Suances tengo heridas que no siempre me apetece reabrir.

Llevo varios años yendo a terapia para tratar mis problemas del día a día, nada concreto: empecé con mi psicóloga a raíz de un desengaño amoroso y desde entonces, una vez al mes o cada quince días, depende de cómo esté mi cabeza o mi bolsillo, me paso por la consulta de Rocío.

Un día, mi psicóloga me preguntó por qué no iba mucho a Suances y yo le respondí sin pensar: «Porque me pone triste». A partir de ahí hemos ido desgranando partes de mi pasado que no siempre me apetece tratar y que evito cambiando de tema de una forma que yo pienso que es sutil. *Spoiler*: no funciona.

Suances me pone triste porque he estado muy triste en Suances. Todo me duele. Me duele tener tantos recuerdos felices, y que los malos nublen toda posibilidad de hacer un balance positivo. Lo razono, lo entiendo, lo coloco: he tenido muchas más vivencias buenas que malas. Y, aun así, las malas han tintado de azul cualquier recuerdo, por feliz que sea.

Suances me hace pensar en la soledad. Me recuerda que, aunque ahora no esté sola, en cualquier momento puedo estarlo otra vez. No he vuelto a sentirme tan sola como en la adolescencia: fue la etapa más difícil de mi vida, en la que lo único que me quedaba de inocencia era el pensamiento de que el instituto era el único mundo que existía para mí. Ese momento de la existencia en el que piensas que lo que pasa a tu alrededor es todo que pasa.

En estos años me he encontrado con muchas personas que afirmaban que volverían al instituto sin dudarlo, que habían sido los mejores años de su vida. Yo entregaría mi bien más preciado con tal de no regresar nunca más a esas cuatro paredes que contienen unos recuerdos dolorosos que, por suerte, ya no siento, pero que no consigo borrar del todo.

Al mismo tiempo me siento como una desagradecida por asociar Suances a mi dolor, sin tener en cuenta el esfuerzo que hicieron mis padres por darme los mejores primeros dieciocho años de vida.

Ellos saben que lo pasé mal, y supongo que hacen como yo y fingen que no fue una mala etapa, a ver si nuestro cerebro se lo cree y deja de sufrir.

Pero es que por mucho que salgas del *bullying*, el *bullying* no sale de ti. Soy feliz, con mis días malos, como todo el mundo, y no podría afirmar que mis días tristes actualmente sean culpa del *bullying*. Pero tengo teclas. Mi tecla es el miedo a la soledad y puede que el *bullying* haya dejado un palillo enganchado en la esquina de esa tecla para que esté casi siempre pulsada.

Cuando te enamoras de una persona sientes cosas muy intensas, inexplicables para quien no las siente, ya que desde fuera todo parece un poco ridículo. Y cuando recibes el odio de una persona, existiendo tantas a la vez en el mundo, también es difícil de explicar cómo una sola te hace sentir así. No puedes obviar su existencia, no puedes hacer que te resbalen las cosas que te dice y en tu cabeza se repite en bucle la pregunta «¿Por qué a mí?».

Cuando has sufrido acoso escolar, te quitan una parte de tu vida. Una parte de tu infancia que prefieres obviar porque te la has pasado deseando que termine para dejar de sentir dolor. Y cuando creces, una parte de esa vida adulta la sigues viviendo solamente por la pequeña que no pudo disfrutar. Como si de esa manera sintieses menos dolor o las heridas se curasen. De alguna manera seguir viviendo es un abrazo a la pequeña que con sus herramientas sobrevivió a la adolescencia.

8
LAS CARTAS Y LA CAPITAL DE LITUANIA

África siempre me vacila diciendo que no follo. En mi caso tampoco es que sea un vacile, es que no follo. O, al menos, no mucho. Tampoco es algo que me preocupe, estoy bien. Cuando tengo alguna cita, dice que voy a «compulsar certificados», porque me cuesta mucho sentirme cómoda para acostarme con alguien. Podría besar a prácticamente todo el mundo, pero llegar a más es algo íntimo para mí. Hay muchas personas que me parecen guapas a las que podría besar e incluso tocar sus genitales o hacer y decir esas cosas que te salen cuando estás muy excitada y luego piensas en tu casa y te sientes hasta mal de haberlo hecho. Y aunque ligo bastante, no siempre ha sido así.

En 1.º de la ESO se llevaba escribir cartas. Pero no de las que metías en un sobre con un sello, sino que estas cartas tenían su propia técnica papiroflexica de doblaje. Las plegabas de tal manera que se cerraban sobre sí mismas. Realmente eran unas cartas muy autosuficientes, porque solo necesitabas un folio. A mí en el instituto no me miraba ni Dios, ni siquiera el bedel para darme los buenos días, pero como veía que todas las chicas mandaban cartas a los chicos, hice lo mismo. La personalidad a los doce años es como un padre en la mayoría de las familias, está ausente.

Con ansia de recibir alguna respuesta, escribí como diez cartas a diez chicos diferentes. No recuerdo que hubiera sido tan insistente desde que mandaba cartas a la *Súper Pop* para pedir más pósteres de Fran Perea. La diferencia es que aquí el correo era certificado: se las tenía que dar en la mano al chico, no había buzón que valiese. El sistema era sencillo: preguntabas cualquier cosa que no fuese muy difícil y decías alguna cosa básica sobre ti, como que estabas haciendo los deberes y eran muy difíciles. Cosas de ligar, de sexo, aunque no lo hubieras practicado... No la capital de Lituania, como aún avergonzada reconozco haber preguntado en uno de esos papeles. Escribí tres tonterías en varios folios que tenía reservados para ocasiones especiales, los doblé y se los fui entregando a los chicos de la clase. Una de las veces, al alejarme, vi que uno de ellos le hacía un gesto a otro como indicándole que a esa carta no hacía falta responder. Lo encajé bien. Lo bueno de no tener autoestima es que no te la pueden dañar. Encajé el rechazo con absoluta comprensión. En mi cabeza no estaba a la altura.

Es verdad que casi veinte años después, aunque soy sensible, tengo bastante mejor colocada la autoestima.

No veo imposibles a la hora de ligar. Igual parezco un poco flipada, pero con lo que me ha costado llegar a esta falsa sensación de seguridad, me lo permito.

Me he preguntado mucho qué habría pasado si tuviese mi autoestima actual y viajase a aquella época. No sé si todo habría sido diferente.

Me lo he preguntado mucho. Si podría seguir llevando pantalones de pana y ropa del Bershka porque me parecía «de mayor» y tener amigos y novios. Con el tiempo no les culpo de no querer ser mis amigos, nunca me dejé conocer.

No conservo muchos amigos del instituto, pero sí ha habido personas que me han acompañado cuando no tenía ninguno. Un recreo, cansada de pasear por el patio fingiendo que iba a algún sitio en el que me esperaban, me acerqué a la pista donde jugaban los chicos al fútbol y con mi pantalón de pana les dije: «¿Puedo jugar?». El «jefe» me miró y contestó «¡Claro!» y empezó a gritar: «¡Eh! ¡La chica juega!». Así de sencillo.

Al principio no me pasaban la pelota y, cuando empecé a robarles balones, se sorprendían diciéndome: «¡Eh! ¡Muy buena!». No me acuerdo de la cara de ninguno. Solo recuerdo el olor a sudor, las gotitas escurriéndose por su pelo pincho a lo David Civera. Igual es por eso que el olor a sudor nunca me ha desagradado.

Cuando empecé a usar el Messenger, no sabía muy bien cómo iba. Mi primera cuenta me la hizo mi padre. Me preguntó qué nombre quería ponerme y yo le dije que

«Operación Triunfo 4ever». Él optó por ignorar mi petición, y puso mi nombre y mi apellido antes de la arroba. Un nombre de correo electrónico de pardilla absoluta. En cuanto supe cómo se creaban cuentas, me hice otra dirección con un nombre chulo e inconexo del que ahora no recuerdo la contraseña y vivo en un escape room constante cada vez que tengo que entrar en Facebook.

Era tan pardilla que tenía de foto de perfil la imagen predeterminada de un tío en un skate. Y os juro que me sentía muy guay con esa foto. Por entonces, las imágenes de deportes como el skateboarding o el surf eran el concepto más álgido de popularidad para mí.

Mis padres y los telediarios me habían metido mucho en la cabeza que internet era un ente perverso que podía robarte la identidad y que compartir una imagen allí haría que viniese un señor a raptarte. Es sorprendente que en aquella época me diese miedo subir una foto de mi cara llena de espinillas y que ahora no lo haga los vídeos que subo borracha y abrazada a mis amigas mientras suena «Marta, Sebas, Guille y los demás» de Amaral. Ahora le entregamos todo tipo de información a internet, pero a mí me da un poco igual siempre y cuando me siga recomendando cosas que me gustan. No me da miedo que el móvil me escuche, me da miedo que hable después y me juzgue.

Tampoco tenía fotos mías porque estaban empezando a usarse las cámaras digitales y el concepto selfi estaba naciendo. Qué tiempos. Se llevaba posar con objetos inanimados con una sonrisa más falsa que la de

Chandler cuando se hace las fotos de boda con Monica en *Friends*. ¿Que ibas al Park Güell? Pues posabas levantando un pulgar delante de la salamandra esa.

No entiendo por qué venden la salamandra esa en toda España con el nombre de cualquier ciudad. Me gusta pensar que existe una persona en Bélgica con una salamandra que pone Chinchón en su nevera ajena a todo esto.

Mi madre es la persona con más capacidad de localizar objetos turísticos con los que fotografiarte. Esos lugares de foto obligatoria pueden ser desde la Capilla Sixtina hasta una buganvilla que esté en flor. Toda la dirección artística de mis fotos analógicas de la infancia era de mi abuela y no tenían nada que envidiar a las del *¡Hola!* Por suerte no se me ocurrió elegirlas como foto de perfil en el Messenger porque, aunque nunca supe muy bien qué botón había que pulsar para ser popular, algo me decía que poner una foto con una sonrisa forzada en el acueducto de Segovia no lo era.

Lo máximo que conseguí es escanear una foto de carnet y ponérmela de perfil. Encajaba perfecta en el recuadro destinado en la interfaz y se me veía bien el jersey palabra de honor azul eléctrico de las rebajas del Bershka con la camiseta de tirantes rosa por debajo... Podía ser una buena idea.

Entonces un chico del instituto al que yo había agregado porque me habían pasado su correo, pero con el que nunca había hablado en persona me escribió: «¿Eres la de la foto?», y yo, pensando que ya tenía a un pretendiente, le dije que sí. Automáticamente me salió la notificación de que se había desconectado. Y yo lo encajé celebrando que este gesto tan feo se quedase entre él y yo.

Tenía tan interiorizado el rechazo que no lo temía.

Más adelante me declaré a un chico que se acababa de desconectar del Messenger, pensando que esos mensajes se quedaban en un romántico limbo, en el que nunca llegaban al receptor.

Le dije que lo amaba y que era mi príncipe (influenciada por todas las telenovelas argentinas que veía por entonces). Nunca se volvió a conectar. Intuyo que me bloqueó al recibir esos mensajes. Y en este caso lo comprendo. Yo tenía mucho tiempo libre.

También he llegado a hacer la pardillez de inventarme el posible nombre de Messenger de los chicos que me gustaban, ya que no me atrevía a preguntárselo. ¿Que se llamaba Daniel? Pues yo probaba con su nombre, su año de nacimiento y @hotmail.com. Y quien tenga miedo a morir, que no nazca. También tuve de contraseña el nombre de un chico que me gustaba junto a un TKM. Todo este amor desbordante se quedó en la red social esperando a ser recibido.

9
DIBUJOS GAIS

«Acabo de decirle al diseñador que nos mande unos dibujos más gais.»

Es lunes y a mi compañera Estefi no le gustan los rodeos, por eso nada más descolgar el teléfono me ha espetado esta frase. Vi que los trenes de vuelta a Madrid estaban mucho más baratos el lunes, así que le pedí permiso a mi jefe para teletrabajar desde Suances.

En la editorial estamos terminando de editar un libro sobre cultura LGTB: son unos textos preciosos de personas del colectivo que cuentan cómo asumieron su sexualidad. Hay historias muy duras, de padres que abandonan a sus hijos al enterarse, amores imposibles, operaciones ilegales que ponían en riesgo vidas... Y, pese a su dureza, había mucha luz en las historias. No sé cómo alguien puede negarnos si hay personas que arriesgan su vida para poder vivirla como quieren.

Estefi odia al diseñador, que ha ilustrado las historias con demasiadas parejas heterosexuales. Yo no concibo que algo no sea gay. Vivo en mi burbuja bisexual en la que casi todo el mundo lo es y, después de haberla descubierto, no me llama la atención volver a la heteronormatividad en la que viví hasta los veinte años.

Me acuerdo de cuando se lo conté a Sara. Fue la mejor persona para hacerlo. Estábamos sentadas en la valla que rodea la parada de metro de Sol. Comíamos pipas y tirábamos las cáscaras en una bolsa de tela que ella llevaba siempre encima porque el planeta, como dice, es «su persona favorita». A mí me parecía una guarrada que llevase cáscaras de pipas en una bolsa de tela, pero aquel no era el momento de juzgarla. Me abrazó y me dio las gracias por confesarle mi secreto. Ella también es bisexual, me enteré hace no mucho de que en su forma fluida de ver la vida no necesitaba hacer distinciones de género y de que en alguna ocasión había estado con una mujer. Me lo contó de pasada, sin darle importancia alguna, sorprendida de mi sorpresa.

Mientras mis padres me acercan en coche a la estación, pienso en mi salida del armario con ellos. No fue nada espectacular ni traumático. Primero se lo dije a mi madre y le pedí que se lo contara a mi padre. Ella me insistió en que debía hacerlo yo misma y llegamos al punto medio de contárselo juntas. Me caían lagrimones mientras les preguntaba si me seguían queriendo. Pienso en eso cuando me dejan en la estación y se despiden de mí con un beso. Porque sí, me siguieron queriendo y cada vez soy más consciente de que no siempre pasa y de que tuve suerte con ellos. Me pone triste volver a casa de mis padres, pero a veces también me pone contenta.

10
MANOLITO GAFOTAS

La tengo delante. El tren tiene ocho vagones con sus quince filas de cuatro asientos en cada una, pero el universo ha querido que la tenga delante. Claudia Aritmendi. La de 6.º A. Clau.

Saco el móvil del bolso, lo desbloqueo equivocándome varias veces con la contraseña y se lo tecleo al Ministerio del Coño: tengo delante en el tren a una chica que me gustaba en el colegio sin saberlo. Todas me animan a decirle algo. Yo desearía tener una foto de Natalia de *OT* encima. Me estoy poniendo nerviosa y me siento ridícula por ello. De repente se le cae la funda de los airpods: es de Bob Esponja. Sonrío. Una mano empieza a buscarlos sin mirar y yo la ayudo. Nuestras manos se juntan y, cuando toco su piel, tengo claro que me gustaría besarla y que para nada quiero que sea mi madre. Me dice que lo siente. Yo sí que lo siento. Me mira y se gira. No se acuerda de mí, han pasado veinte años, aunque para andar por casa sigo utilizando las mismas sudaderas de cuando iba a Gimnasia en el instituto.

De repente estoy en 3.º A y no me atrevo a saludar a la protagonista del baile de fin de curso. Nada me aterra más que volver al colegio y solo situarme mentalmente en esa etapa hace que el corazón me lata más deprisa. Me pongo colorada al pensar en mí saludándola. Un whatsapp de África me saca de mis pensamientos.

Tócale el hombro y dile hola.

Me cago. Me da vergüenza.

Pues no saludes al amor platónico de tu infancia, tú misma. Luego no montes dramas.

Después de sentir que estaba escribiendo una carta al consultorio de la *Súper Pop*, estiro la mano para tocarle el hombro. Justo en ese momento se está levantando del asiento, así que no siente que le toco el hombro. Yo miro al suelo fingiendo que se me ha caído algo. La miro de reojo suponiendo que debe de ir al baño o a la cafetería. Ni un segundo sin dejar de ser una pardilla.

Clau vuelve y, mientras, yo me he imaginado mil cosas que podría haber estado haciendo, como llamar por teléfono para cerrar una venta muy importante, tomarse un dónut en la cafetería o a lo mejor ir a hacer pis. A mí todas esas situaciones me han parecido interesantísimas.

Mientras se sienta, me sonríe otra vez y yo le devuelvo la sonrisa, pero no le digo nada. Me agoto a mí misma. Así que me envalentono, le toco el hombro y ella se gira hacia mí con la misma sonrisa que tenía en el colegio, pero más colocada.

—¿Se me ha vuelto a caer algo? —pregunta confundida.

—No...

Y ella sigue sonriendo, aunque noto en su mirada que comienza a sentir incomodidad. A mí me gustaría levantarme en ese momento y no volver, decirle al maquinista del tren que me quedo en Medina del Campo, que dicen que está guay.

—¿Eres Claudia, verdad? —le suelto, como si no lo supiera ya.

—Sí...

—Es que fui contigo al colegio, creo. Me suenas un montón y he pensado, pues le pregunto.

Mi mejor trabajo de interpretación, sin duda.

Ella me mira pensativa.

—Pero no íbamos al mismo curso, ¿no?

No, pero cómo te cuento esto sin que te asustes.

—No, me llevabas unos pocos años, pero, bueno, me ha parecido una casualidad encontrarnos.

—¡Lo es! Seguro que tenemos a gente en común...

Claudia dirige su mirada al libro que sostengo: *Lo que me queda por vivir*, de Elvira Lindo.

—Estoy leyendo el mismo libro —dice sorprendida, mientras me lo enseña.

—Otra casualidad. —Sigo fingiendo despreocupación.

—Me encantaba Manolito Gafotas, empecé a leer con esos libros —continúa emocionada.

—Yo lo he leído de mayor también, no me avergüenzo. Bueno, tampoco se lo diría a cualquier persona para que no me juzgue.

Comenzamos a hablar del libro, seguimos contándonos por qué estábamos en ese tren y, al llegar a la estación de Chamartín, caminamos hacia el metro mientras yo obviaba por completo que podía ir andando a mi casa, pero iba a exprimir hasta el final ese momento de película que la vida me estaba regalando. Rellenamos un poco ese tiempo extra que nos daba el metro alargando una conversación sin profundizar demasiado para no quedarnos a medias en el momento de no meter el pie entre coche y andén.

—Esta es mi parada —me dice al final Claudia.

—La mía es la siguiente —miento como si no tuviese luego que cambiarme de andén y deshacer el camino.

Nos miramos y saca el móvil de su bolsa de tela.

—Tía, apúntame tu teléfono si quieres, ya que somos vecinas.

Nos damos dos besos algo torpes en los que yo me concentro mucho para no coincidir de lado y morrearnos, y me despido de ella con la mano.

11
UNA ADULTA FUNCIONAL Y ENVIDIABLE

—Y entonces le dijiste que de mayor lees Manolito Gafotas.

La ironía de África se me atravesaba entre las costillas.

—Ella se rio —respondí a la defensiva.

África arqueó la ceja mientras le daba el último trago a su cerveza.

—Hablemos de lo importante... Este vaso tiene un agujero. ¿Otra? —dijo, moviendo el botellín vacío.

Asentí con desesperación, era consciente de que un poco pardilla había sido, pero tenía la sensación de que no se había notado. Ya no era la chavala de 3.º A, ahora era una persona exitosa en su trabajo, con salud y que se daba besos con gente cuando salía de fiesta. A veces hasta follaba. Una adulta funcional y envidiable. De las que van al mercado a hacer la compra y se saben el nombre del frutero. Que hace la declaración de la renta aunque no tenga muy claro de dónde viene ni adónde va el dinero. Que lleva quince años yendo a terapia porque no sabe gestionar el rechazo y la ausencia de responsabilidad afectiva y que cuando se encuentra con situaciones así, se pone a llorar desconsolada. Igual no era una adulta envidiable, pero sí funcional. Y eso le había demostrado a Clau.

—Entonces, ¿le escribo o me espero?

Sara, que llevaba toda la tarde respondiendo con monosílabos ante el discurso abrumador de África, levantó la vista de su cerveza con los ojos en blanco.

—Pau, han pasado dos semanas. ¿A qué más quieres esperar?

Tomar una decisión en mi cabeza a veces es la historia de las doce pruebas de Astérix: me paso rebotando un pensamiento de ventanilla en ventanilla a ver si alguien me da una solución y, cuando llego a una conclusión, ya no procede. Aunque Clau me había escrito esa misma noche para que guardara su móvil, no se me ocurrió qué escribirle y no lo hice. Y cada día, como no se me ocurría ningún mensaje, escondía mi agobio bajo la alfombra y lo dejaba para más adelante.

Sí, claro. Así, sin pensarlo. Estas tías se piensan que soy una de esas personas que fluye. Yo fluyo en una franja de tiempo, en un plazo, con un plan que me espera en la meta. No puedo hacerlo a lo loco, sin unos márgenes o unas normas, sin un orden. Necesito programar el fluir. Y fluir con Clau no está siendo sencillo. Ojalá ella fuera consciente de esto.

África, con su nuevo tercio frío, que agradeció al camarero con un «Gracias, jefe» para hacernos reír, lo veía claro:

—Dile que si se toma una caña o un café.

—No es fácil de decir —le espeté.

África rodaba los ojos y yo me moría de vergüenza, porque era capaz de hacer una exposición en inglés delante de muchísima gente en el trabajo para hablar sobre los beneficios de traducir uno de nuestros libros al coreano, pero me bloqueaba al decirle a una chica que si quería tomarse un café. Mi psicóloga me diría «No te hables tan mal», pero yo me digo: «Oye, cagona, ponte las putas pilas, que vas a perder al amor de tu vida por culpa de unos caracteres».

África se aclaró la garganta y me miró con autosuficiencia.

—Yo te lo dicto: «¡Hola! ¿Nos tomamos un café estos días? ¿Cómo lo tienes?».

Sara la miró muy seria, con admiración.

—Es perfecto.

Yo me dirigí dudosa a ellas:

—Pero ¿con qué excusa?

África ni se inmutó.

—Dile: «¡Vecina! ¿Nos tomamos un café estos días? ¿Cómo lo tienes?».

Sara la miró de nuevo con orgullo.

—Es que cuánto talento, tía.

Envié el mensaje. Tardando quince días en fluir. Pero fluyendo.

12
LA MALDICIÓN DE «DANZA KUDURO»

Resulta bochornoso contabilizar el tiempo que he dedicado a pensar qué ropa me pongo hoy para haber salido de mi casa con un vaquero y una camiseta. Hasta me he maquillado viendo un tutorial en YouTube. Estoy un poco nerviosa, lo reconozco. Me fumo un cigarro de camino mientras escucho en mi solitario auricular izquierdo «Danza Kuduro». Una canción que tiene ya más años que un bosque, pero es que ninguna me motiva como esa. Y hoy lo necesito. Me hace sentir poderosa, me pone contenta y también me divierte poner cara de intensa mientras la escucho para que la gente que me vea pueda pensar que estoy escuchando a Edith Piaf.

Además, tengo que aprovechar para escucharla cuando estoy sola porque tengo una maldición con «Danza Kuduro»: siempre que suena en una discoteca no la puedo disfrutar porque aparece alguien, conocido o no, dispuesto a darme una chapa eterna.

Hay gente que tiene cara de recibir chapas y gente que no. Yo soy de ese primer grupo, que te sonríe, asiente y apoya con lo que le cuentes y que no sabe huir para no dañar los sentimientos de esa persona. Y cuando suenan los acordes, ya miro a mi alrededor buscando a esa persona que tenga ganas de palique unidireccional. De contarme sus movidas y no tener ni la deferencia de preguntar al final: «¿Y tú qué tal?». Esa es la maldición de «Danza Kuduro».

Decidí citar a Clau en un bar al que voy mucho, para «jugar en casa», como me dijo África. Era la primera vez que llegaba puntual a un sitio y no sabía qué se hacía al esperar. No sé si quedarme fuera, en la puerta. Si entrar y esperar en la mesa... Realmente era una experiencia nueva para mí, así que opté por buscar una mesa. Pedí una cerveza sin gluten porque leí que daba menos gases y nada me apetecía menos que tirarme un pedo delante de Clau.

Sé que igual estoy exagerando, pero podría casi confirmar al cien por cien que cuando ella entró por la puerta, la acompañó un halo de luz, el cabello le ondeaba con el viento, un arcoíris cruzó el bar de un extremo a otro, se acabaron el hambre y las guerras en el mundo.

—Me gusta cómo vas vestida —me dijo Clau.

Ella llevaba una camiseta de rayas, una boina, un eyeliner perfectamente delineado y la sonrisa más bonita que yo había visto en mi vida, siendo fiel a la verdad.

—Ha sido lo primero que he pillado —respondí haciéndome la despreocupada.

—¿Sabes que no me has contado en qué trabajas? —me sonrió.

—Trabajo en una editorial pequeñita: corrijo, recibo textos y decido qué sale y qué no básicamente —resumí atropellada.

—Me parece muy interesante. Yo trabajo en marketing, es como que todo el mundo trabaja en marketing, ¿no? Es poco original, ya —rio.

—A mí también me parece interesante, Clau.

Ella levantó una ceja, ligeramente sorprendida por esta cercanía en el vocativo que había usado.

—Igual me he pasado de confianzas, Claudia, es que el nombre entero me parecía serio, perdona.

—Me parece bien que me llames Clau, Pau.

Yo sonreí, rezando interiormente para que el maquillaje del tutorial de YouTube ocultase lo colorada que me había puesto.

La conversación fluía como si llevásemos toda la vida hablando. Nos contamos nuestros dilemas con la vida laboral, los primeros sitios donde habíamos trabajado y tocamos temas amorosos. Ella llevaba tiempo sin enamorarse porque un chico le había hecho mucho daño y había estado muy cerrada desde entonces. Yo quise seguir tirando del hilo para ver si solamente había chicos en su pasado, porque ya me veía venir la hostia. Me aguantaba las ganas de ir al baño porque no quería separarme de ella, que fue la primera en levantarse para ir al servicio mientras me preguntaba si yo no tenía ganas de ir.

—No, yo es que meo poco. Retengo muchos líquidos —le respondí, y me quedé mirando al infinito y pensando en la tontería que le había dicho mientras sentía que la vejiga me iba a explotar.

Podría mearme encima con tal de seguir pasando tiempo con ella. Es bonito y a la vez asqueroso, pero no sé hacerlo de otra manera. Clau se reía mucho con las cosas que yo le contaba y, mientras, se atusaba el pelo, y eso, según mis archivos de la revista *Súper Pop* sobre «Cómo demostrar que te gusta un chico», era una de las mejores formas de demostrarlo.

De repente habían pasado cinco horas, nos habíamos bebido un montón de cervezas, solo habíamos comido unas patatas revenidas que nos habían puesto con la primera caña y no nos habíamos movido del bar, en el que ya estaban empezando a echar la verja.

Nos despedimos con un abrazo muy intenso y, al separarnos, Clau me miró con una sonrisa.

—Me lo he pasado muy bien. ¿Repetimos pronto?

—Me encantaría —respondí al segundo. Hice el amago de marcharme, pero Clau no se movía y tenía una expresión en el rostro que yo no sabía descifrar—. ¿Qué ocurre? —le pregunté.

—Que te había traído una cosa y ahora me da vergüenza dártela, porque es una chorrada y seguramente ya lo tengas.

El corazón me comenzó a bombear a una velocidad a la que ya ni me preocupaba que se me notase en la cara.

—¿Es un regalo?

Por primera vez vi algo de timidez en ella y tuve la sensación de que no solía mostrarla, y menos con una casi desconocida.

—A ver, es que de camino he pasado por una librería de segunda mano y vi que tenían un ejemplar de Manolito Gafotas y... No sé, me ha hecho gracia comprártelo.

Sacó del bolso un libro metido en una bolsa de papel marrón y me lo entregó sin mirarme a los ojos.

Yo no podía parar de sonreír y cogí el libro de la bolsa para apretarlo contra mi pecho.

—Clau, me parece un detalle superbonito... Muchas gracias, me hace mucha ilusión. Pero yo no te he traído nada... —dije un poco avergonzada.

—Pues el próximo día me invitas tú a la cerveza. ¿Sí?

La abracé como respuesta y cada una se fue para su lado.

En mi cabeza yo ya me veía en una relación monógama exclusiva con hijos, fecha de boda y chalet en las afueras de Madrid. Sabía que tenía que pisar el freno, frenar esa emoción desmedida de querer mandarle un mensaje ya para agendar nuestra siguiente quedada. Me limité a responder los wasaps acumulados en el Ministerio del Coño.

África
Oye, qué tal va? Dinos algo

Sara
Si no contesta igual es que están liándose

África
O Paula ya le ha pedido
matrimonio
Pau, dinos algoooo

Paula
Chicas. Solo os diré que
me ha regalado un libro.

África
Se vienen cositas.

13
LESBIANA TIENE MÁS SONORIDAD

A Clau le gusta mucho mandar audios por WhatsApp. Yo pienso que para escuchar un pódcast ya me voy a Spotify. A lo mejor evita escribirme una O y una K, pero me envía un audio de un segundo en el que pronuncia esa palabra. De repente, sus mensajes de voz no me molestan y hasta los escucho varias veces antes de dormir. Su voz es dulce, ligeramente ronca al final de las frases, y toma aire de forma descontrolada, como si se le hubiese olvidado respirar. Cuando hablo con ella, las palabras se me agolpan en la boca y termino balbuceando alguna broma para distraer la atención. Por suerte, como a ninguna de las dos nos gusta demasiado hablar por teléfono puedo enviarle notas de voz.

Cuando le respondo a alguno de sus audios, practico antes mi tono de voz hablando en la soledad de mi habitación y, después de enviárselos, vuelvo a escucharlos para comprobar que estuviesen bien.

Un ridículo espantoso si alguien lo estuviese viendo por un agujerito, pero me consuela imaginar que mucha más gente hace lo mismo.

Yo pienso que Clau tiene algo de interés en mí; si no, no mandaría tantos audios, ni me contestaría tan rápido ni me preguntaría qué tal el día. Yo solo hago eso con mis padres y el Ministerio del Coño. Cuando hablamos, me sonríe mucho y me toca la pierna o el hombro. Alguna vez me ha acariciado la cara rápidamente, pero no significa nada. A lo mejor es que es muy tocona, hay personas que lo son y me molestan. No me importa que Clau me toque, pero a lo mejor no hace falta que mi jefe en la editorial me dé un apretón en el hombro cada vez que me lo cruzo por la oficina.

Igual quiere ser mi amiga, ese es el dilema de cualquier chica a la que le gustan las chicas: ¿quiere ser mi amiga o mi novia? A veces pasan las dos cosas. O sois amigas y os dais besos. Muchas combinaciones, pero alguna es complicada, como ese limbo de no saber si solamente le caes bien o incluso de no saber si le gustan las mujeres. Bastante jaleo fue lo de Jana como para andarme con ambigüedades. En nuestras conversaciones siempre me habla de hombres y se refiere a alguna persona como «pareja», que eso es muy del colectivo, lo de decir «pareja» de forma genérica para que no te hagan más preguntas y, sobre todo, para no tener que dar explicaciones. Hoy he quedado con ella y voy mentalizada para indagar si le gustan las mujeres.

África
Dile que si ha visto La vida de
Adele

Sara
Es superheteropatriarcal esa
película. Además el director era
un gilipollas

África
Como todos
Pos dile que tu canción favorita
es la de Tatu

Sara
Están muy sexualizadas, eran un
producto y ni siquiera eran del
colectivo!

África
Bueno, Sara, di tú algo que todo
te parece mal, tronca

Sara
Dile si le gustan las cantautoras

África
Esa es buena. Dile que te
encanta Malú

Sara
Justo Malú igual no es la mejor opción...

África
Hoy me tienes hasta el coño. Menciónale bares de lesbianas, dile que tus amigas son lesbianas, que te gustó mucho The L Word, que ves vídeos recopilatorios de series suecas en youtube solo porque salen bolleras...

Paula
Se trata de saber si es bisexual, no de asustarla.

África
Pues entonces no le digas que tus amigas son lesbianas.

Guardo el teléfono en el bolsillo interior de la chaqueta mientras me río de las ocurrencias de África. En la puerta del bar ya me espera Clau: lleva una cazadora vaquera con tachuelas y un vestido de flores rojo.

—Estás muy guapa, Clau.

Ella baja la mirada mientras sonríe.

—Gracias, tú también.

Entramos al bar, buscamos una mesa algo apartada de forma instintiva y en cuanto establecemos contacto visual con el camarero, le pedimos dos cervezas.

Me gusta beber con Clau; si no quisiera casarme con ella también querría que fuese mi amiga.

Nos contamos el día escuchando a la otra como si fuera lo más importante y sobrenatural que hemos oído nunca. Nos acercamos al platito de los pepinillos que nos ha puesto el camarero en la mesa y cogemos el mismo a la vez. Ella me lo cede. Yo lo veo como si fuese la escena más romántica de una serie: *Pasión de Pepinillos*.

Cuando me pregunta qué he hecho el fin de semana aprovecho para seguir la estrategia del Ministerio del Coño. Mensajes sutiles y concisos.

—Pues este finde salí de fiesta con mis amigas, y como son lesbianas fuimos a un bar que hay de lesbianas... O sea, que no vamos siempre a bares de lesbianas, también vamos a bares normales. Quiero decir, que todos son normales. Pero, como somos del colectivo todas, pues está guay ir a esos bares porque estás más tranquila, no vienen babosos a darte la chapa... Pero no vamos solo a bares de lesbianas. Bueno, yo solo conozco un bar de lesbianas. De gais hay muchísimos, pero de lesbianas no. Que es curioso, como mínimo para reflexionar un poco, ¿no? Que al final el patriarcado está ahí aunque seas del colectivo. Que hay de todo, vaya. Pero, bueno, que al final las lesbianas y las bisexuales sufrimos siempre. Estoy diciendo mucho «lesbianas», ¿verdad?

Clau me mira y se ríe. Yo no puedo entender cómo, habiendo ensayado lo que iba a decir mientras caminaba hacia el bar, me ha salido un discurso tan desordenado.

—Igual has dicho un par de veces la palabra *lesbiana*, pero tampoco mucho.

—Es que la verdad a mí me gusta hablar de lesbianas. Mi personalidad podría ser lesbiana. O sea, soy bisexual. Pero es que lesbiana tiene más sonoridad, ¿sabes?

—A mí también me gusta hablar de lesbianas —me responde mirándome divertida a los ojos.

Yo me quedo en silencio sin saber qué responder durante unos segundos que se hicieron muy largos.

—Fíjate, pues eso que tenemos en común... Que nos gusta hablar de lesbianas, digo. Que no digo que tú lo seas, que no lo sé, tampoco juzgo. Porque llevas vestido, y eso no significa nada, hay lesbianas muy femeninas y otras que no.

Si debajo de mi silla hubiese habido una trampilla, habría accionado el botón sin duda para acabar con este sufrimiento.

Claudia me corta el bucle dándome la mano.

—Soy lesbiana, Pau. Si es eso lo que estás preguntando.

Asiento con la cabeza mientras busco las palabras para responder.

—Pues eso, muchas cosas en común.

14
MI FAMILIA DESESTRUCTURADA

—Entonces, ¿ella te dice que es lesbiana y tú le respondes que qué bien, que tenéis muchas cosas en común? ¿Y no le comiste la boca? O el coño, o lo que sea. Paula, hija, que parece que estás en el instituto.

África me mira perpleja mientras se lleva una aceituna a la boca y se escupe el hueso en la mano como si fuese un *cowboy*.

África no era la persona más dulce del mundo, pero me quería mucho. Y yo a ella. Cuando nos conocimos después de hacer match en Tinder, ella lo acababa de dejar con una relación tóxica que se había alargado más de la cuenta y yo intentaba olvidarme de Jana, la Heteropero, como la suelen llamar estas, sin confiar demasiado en lo que me podía encontrar por ahí. Desde entonces me ha visto vomitar en el antro más antro de Madrid, me ha tapado mientras meaba entre dos coches, me ha visto hacer el ridículo demasiado por chicos y por chicas, le he llorado en el hombro hasta llenarle la sudadera de mocos, nos tiramos pedos y eructos juntas... Y África también ha confiado mucho en mí, como cuando su familia no la aceptó al salir del armario y estuvo viviendo en mi casa un mes. Luego compartió piso con Sara y nos convertimos de alguna manera en su familia. Es un poco triste, pero ella no lo vive con tristeza. Siempre me dice: «Hay gente que tiene toda la familia del mundo y no se quieren, yo quiero a la familia que tengo».

Así lo vivimos y es normal que pase las Navidades con mi familia o la de Sara. Mi familia es pequeña, la de Sara es gigante. Prácticamente cenan en un polideportivo porque no caben todos. No toda la gente que cena con Sara es familia suya, sus padres son un poco hippies y allí te puedes encontrar desde su profe de yoga al cartero, porque tienen buena relación de cuando les trae los paquetes de incienso que llegan del Tíbet. Recuerdo la cara de África cuando le regalaron un cuarzo por Navidad y me río aún de pensarlo. Aunque África se hace la dura, yo sé que tiene momentos bajos y es difícil que te los exprese, pero me queda la tranquilidad de que cuando te necesite, pedirá ayuda. A lo mejor lo hace cuando está en lo más profundo de su tristeza, pero he aprendido a no sufrir por ella y a darle su espacio. No podemos obligar a la gente a que haga las cosas como nos gustaría que las hiciesen. ¿Que me encantaría? Pues sí, pero no se puede. Eso me dice mi psicóloga al menos.

—Creo que el próximo día que quedemos le voy a dar un beso. Y a ver qué pasa —concluyo.

—Esa es mi chica —soltó África escupiendo otro hueso de aceituna.

Si no se puede obligar a las personas a hacer las cosas como te gustaría que se hiciesen, igual debería hacerlas yo.

15
LA POLICÍA DE VILLAGE PEOPLE

De verdad creo que debería poner en mi currículum que soy actriz y adjuntar conversaciones con Clau en las que finjo que en el colegio la veía, pero que no me acordaba de ella demasiado.

Aunque entonces no supiera que me gustaban las mujeres, ya la admiraba. Era simpática con todo el mundo, sonreía siempre como respuesta y cuidaba mucho a las personas que éramos de cursos más bajos que ella, cosa que poca gente más hacía. Ella organizaba los bailes de fin de curso, estaba en el comité para recaudar fondos en las festividades, vendía números para una rifa en las que se podía ganar una cesta de Navidad, tenía la mochila con las asas sueltas que le llegaba debajo del culo, la ropa del Bershka más guay... Clau era la definición de popularidad en un colegio.

Yo tenía que pelearme con mi madre para que me comprara ropa de marcas surferas, aunque mi máximo acercamiento al mar había sido una vez que fuimos a Gandía en fin de curso e hicimos un cursillo de bodyboard. Fuimos a un outlet que tenía ropa de temporadas pasadas y compramos ropa, no tan guay como la de ella, pero que daba el pego. Ahora me avergüenza un poco haber presionado tanto a mi madre para que me comprase una ropa que yo pensaba que me ayudaría a cambiar de estrato social en el colegio, pero en esa etapa parece que la vida solo es tu centro escolar y tardé años en entenderlo. Recuerdo cuando entré por la puerta del colegio con mi camiseta surfera, mi collar de conchas y mi vaquero del Bershka, con el que si me agachaba se me veía la raja del culo, pensando que algo cambiaría y, evidentemente, nada cambió.

Estaba conociendo a Clau de una manera muy diferente de la que nunca había imaginado, aunque en mi mente había pasado con ella mucho tiempo. Seguía siendo tan guay que cumplía todas las expectativas que me había creado sobre ella en el colegio.

Ella, por otro lado, no tenía un recuerdo muy nítido sobre mí. Decía que recordaba cuando toda mi clase se disfrazó de Village People, porque habíamos hecho un baile, pero no sabía que yo era una de las que iban de policía. No se lo había puesto fácil, porque en aquel momento me pareció bien ponerme un bigote para ser aún más difícil de ubicar. Comentamos situaciones y momentos en los que habíamos llegado a la conclusión de que ambas habíamos estado, pero ella no se acordaba de mí. A mí no me dolía, ella era mayor que yo y entonces llevarse unos años era muy significativo. Lo normal era al revés, que yo la admirara con devoción. O eso me decía a mí misma para no sentir vergüenza. Maquillaba un poco mis recuerdos para no asustarla y me hacía la sorprendida cuando mencionaba alguna anécdota de ella en el colegio que yo tenía muy presente. Adornaba con un «¡Anda, no me acordaba!» o «¿En serio estabas ahí? Qué fuerte» cada situación que comentábamos en la que yo tenía clarísimo que ella sí que estaba ahí.

En todas nuestras eternas conversaciones, Clau nunca había mencionado nada de aquella foto de Natalia de *OT1* que le di. Algo comprensible porque habían pasado casi veinte años, pero en mi caso era un momento que se me había quedado grabado y que, cuando entendí que me gustaban las mujeres, encajé como la pieza que me faltaba en el puzle tan complejo que es la sexualidad a veces.

No sabía si estaba haciendo el ridículo o era bonito, pero le había pedido a mi madre que buscase entre mis cosas de pequeña para que encontrase la foto de Natalia de *OT1*. Lo había hecho con la misma pesadez con la que le pedí la ropa surfera, sin aceptar un no como respuesta. Y ahí estaba yo, de camino a mi cita con Clau, con una foto de Natalia de *OT1* en el bolso y cagada de miedo.

16
EL MOMENTO

—¿Sabes de qué era superfán cuando era pequeña? De *Operación Triunfo*. Como todo el mundo, supongo, pero a mí me dio muy fuerte.

Clau bebía un sorbo de su cerveza mientras se tapaba la cara con vergüenza sin saber que me estaba poniendo en bandeja el contarle lo más friki que había hecho por amor en mi vida.

—Yo también era muy fan, la verdad.

Ella no dejaba de sonreír.

—Pero yo fan al nivel que los iba a ver a la puerta del hotel y en el concierto me pintaba la cara con sus nombres.

Me estaba poniendo nerviosa por hablar de un concurso de la tele de hace veinte años. Era el momento: tenía que decírselo.

—¿Y cuál era tu favorita? La mía, Nuria Fergó.

Clau reía.

—No te pega nada, pensaba que serías de Chenoa, que me encantaba.

Ahora resulta que su favorita era Chenoa y yo me estaba enterando en este momento de que hace veinte años había hecho el ridículo buscando una foto coleccionable de la persona que no era, lo que me faltaba.

—¿Chenoa era tu favorita entonces?

Clau negó con la cabeza.

—Me gustaba mucho, pero mi superfavorita era Natalia.

Al decir el nombre, di un trago a la cerveza pensando en lo absurda que era aquella situación y en lo tensa que estaba hablando de Chenoa. Al ver que yo no respondía, continuó con la conversación:

—Yo tenía la carpeta forrada con su cara, hasta coleccionaba sus fotos, había como un álbum. ¿Tú las tenías?

Bueno, vamos con todo y si se asusta, pues lo asumes y sigues con tu vida, que no pasa nada. Eres intensa, lo eras con diez años y lo serás hasta que mueras, así que adelante.

—Yo también las coleccionaba... De hecho, hay algo que me gustaría contarte, igual te parece una chorrada, pero...

Clau me cortó al momento y me puso la mano en la pierna, giró su taburete para ponerse frente a mí y me miró muy seria.

—No creo que nada de lo que me vayas a contar me parezca una chorrada. Me gusta escucharte.

Estaba claro que ella no organizaba el baile de fin de curso por casualidad, sino porque era la mejor persona del universo, sin exagerar ni un poco.

—Lo que te quería contar es que cuando íbamos al colegio me enteré de que Natalia era tu favorita y, bueno, intercambié varias fotos para conseguir una de ella y en el patio me acerqué a dártela.

Ella se quedó en silencio mirándome: yo intentaba leer su expresión y no tenía claro cómo se estaba sintiendo con esto.

—Sé que es un poco friki. Cuando te la di, me dijiste que ya la tenías, pero fuiste majísima todo el rato.

Clau levantó una ceja y me miró como si no entendiese nada.

—Bueno, la cosa es que te la he traído otra vez, porque me hacía gracia, yo qué sé. La ha buscado mi madre por casa y me la ha enviado. Ahora mismo creo que debería no haberte dicho nada porque estás asustada, pero sentía que te estaba mintiendo y...

Clau salió de su quietud para sujetarme la cara con las manos y mirarme. No veía susto en sus ojos, los vértices de sus labios subían lentamente hasta formar una sonrisa.

—¿Cómo eres así?

Podría empezar a darle una charla TEDx sobre la gente que crece sin muchos amigos y que solo ve la televisión como forma de compañía, pero entendí que era una pregunta retórica cuando me atrapó el labio inferior con los suyos. Clau me estaba besando y yo quería llorar. Nos besamos tímidas, con la ternura de dos personas que se encuentran sin saber que se buscaban. O al menos una de ellas. Al separarnos, no podíamos mantener la mirada.

—Me parece increíble que hayas hecho todo esto, perdona que haya tardado en reaccionar, Pau, es que no habían hecho nada así por mí.

—¿Regalarte una foto de Natalia de *OT1*?

Ella me golpeó la pierna.

—No seas tonta. Pienso en esa Paula pequeñita que consiguió la foto y me muero de ternura. Gracias por contármelo.

—Soy tierna, pero también soy sexy y eso, ¿eh? O sea, que soy una mujer funcional, que no soy una niña...

Clau se reía y yo estaba ya cansada de sentirme pequeña a su lado.

—Claro que eres sexy, Pau. Eres muy sexy.

Yo me acerqué a besarla de nuevo. Soy sexy y sin necesidad de ponerme ropa surfera, chúpate esa, colegio.

17
LA MÁS CHULA DEL BARRIO

Caminaba hacia mi casa flotando después de aquel primer beso con Clau. Nos habíamos vuelto a besar varias veces, le había contado la historia de la foto con todo detalle porque ella no lo recordaba y nos despedimos muchas veces en la puerta del bar porque ninguna quería tener la iniciativa de marcharse. Me sentía tentada de escribirle un mensaje aunque acabase de verla hacía cinco minutos y de decirle que la quería ya y que me quería casar con ella. Y mientras dudaba si escribirle o no, recibí una notificación de Clau.

Clau
No sé tú, pero yo no dejo de
pensar en lo que acaba de pasar

Era intensa como yo. Era para mí. Esperé cinco minutos sin abrir el mensaje para que no le apareciera al momento el check azul, por hacerme la chula, y le respondí.

Yo tampoco. Estoy deseando repetir

Soy la más chula del barrio.

Por mí, mañana

Y ella también.

Pues mañana

Mañana

Parecemos el musical de *Annie*, pero yo no puedo ser más feliz.

18
LA SINCERIDAD ASUSTA

Como todas las series que he visto en la televisión a lo largo de mi vida me habían enseñado: la sinceridad es importante.

Pero después de varias experiencias en las que me había desvivido por ser sincera, contar mi pasado y mis heridas, me había dado cuenta de que no era siempre tan buena idea. La sinceridad asusta.

Incluso una vez le hablé de un ex rollo a una chica con la que tuve una cita y llegamos a la conclusión de que era su hermano mellizo. No volvimos a quedar. Ahí decidí que iba a dejar de hacer caso a las series de la tele todo el rato y que empezaría a dejarme llevar por la intuición. Por eso, cuando Clau me preguntó por mi pasado amoroso yo obvié a Jana. Es verdad que ella no había sido mi novia, pero no podía negar que había sido un amor. Uno. Para mí fue amor. No el más importante y no sé si al final de mi vida, si es dentro de muchos años, me acordaría de ella. La realidad es que hasta ahora era una persona clave, que hasta podría decir que las heridas que me había provocado habían marcado mi personalidad e incluso algo de lo bueno vivido me había hecho crecer como persona. Jana cruzaba los pasos de cebra en rojo y sin mirar, y después de estar con ella al menos yo era capaz de hacerlo. Obviamente necesitaba que los coches estuviesen al menos a medio kilómetro de distancia. Pero era capaz de cruzar en rojo. Ella me hizo más impulsiva, o al menos yo intentaba serlo para no sentirme ridícula. Pero lo bueno ahora no importaba. Jana me había hecho daño y no quería pensar en lo bueno. Así que no existía. Y para Clau tampoco. De manera que le hablé de mi vida ignorando las heridas que me había dejado Jana.

Ella me habló de su exnovia, que le había hecho mucho daño y le había puesto los cuernos. En ese momento me sentí culpable por no haberle contado nada, pero ya era un poco tarde.

19
INMORTALIZAR LA ALEGRÍA

Clau trabajaba mucho y era buena en lo suyo, o eso extraía yo de la poca información que ella se permitía contar sobre sí misma. Le quitaba valor a su trabajo y le parecía más interesante escuchar a los demás. Clau nunca me hacía sentir pesada y se encargaba de repetírmelo desde que detectó que era algo que a mí me ponía nerviosa. Me daba miedo ser insistente o pesada, o agobiar, y medía mucho mi interacción con ella. Pero me pasaba con ella y también con mi dentista. No quería sentirme pesada con nadie porque no me gustaría que ella dejase de querer verme. Ni tampoco mi dentista.

Nada me apetecía más que pasar tiempo con ella y ambas nos esforzábamos en encontrar un rato casi todos los días para vernos; aunque fueran diez minutos nos parecía que merecía la pena. Se acercaba ella a mi barrio al salir de trabajar, o yo al suyo. Nos dábamos besos en la calle como dos adolescentes y poco a poco me quitaba mis miedos de hacer algo romántico que yo misma reprimía. Le regalé flores y un libro que me recordaba a ella, y comencé a retomar mi tradición de escribir poemas a las chicas que me gustan.

Después de Jana escribí muchas cosas dramáticas sobre el agujero que me había dejado en el corazón, todas bastante malas, y las leí en algún micro abierto de poesía amateur un poco borracha. No se me daba bien escribir sobre el desamor y no me gustaba vivir en la tristeza para escribir. A mí me gustaba estar bien; desde lo luminoso me sentía mucho más cómoda para hablar de sentimientos. Siempre que he leído biografías de artistas, ellos reconocen que la tristeza es el estado en el que su creatividad se multiplica y sé que es algo que mucha gente toma como referencia, pero para mí pierde algo de valor cuando la mayoría de ellos han terminado muertos de sobredosis. Hay pocos artistas que digan: «A mí me gusta estar contento para crear» o «Lo que más me gusta es reírme y entre carcajadas se me ocurren un montón de canciones». Durante siglos se ha romantizado la tristeza e incluso se ha justificado porque así ahora tenemos grandes obras. Me parece muy peligroso que haya tanta gente que piense que solo estando triste podría trabajar: eso me da miedo. No todas las personas deprimidas son artistas, ni todos los artistas están deprimidos. Aunque igual esto último sí que es cierto. Cuando hice un curso de poesía, el profesor me miró rarísimo cuando yo dije que me gustaba escribir estando contenta. Se giró toda la clase en sus asientos, gente cuya cara inspiraba pedantería, para mirarme. Yo me encogí de hombros y respondí con un hilo de voz: «Prefiero inmortalizar la alegría». Al salir de clase, el profesor me invitó a tomar algo. Y, por supuesto, accedí.

20
FLORES CON BABILLA

Desde mi adolescencia seguía a un tío por internet que publicaba sus poesías junto a fotos suyas. Me parecía de los hombres más guapos que había visto en mi vida, aunque es verdad que con quince años ese piropo no tiene tanto valor. Él vivía en Madrid y hacía quedadas con sus fans, mayoritariamente mujeres mucho más jóvenes que él, que rondaba los treinta y cinco. También venían chicos, pero no los solía enfocar mucho cuando compartía imágenes con su compañía en su página de fans en Facebook. Esas quedadas consistían en pactar una hora y un lugar, y cientos de desconocidos se aproximaban para decirle lo maravilloso que era, sacarse fotos con él y escucharlo recitar alguno de sus poemas. Él se desvivía por sus seguidoras, se hacía fotos dándoles besos, las abrazaba, les daba la mano, les firmaba en el brazo para que luego ellas se lo tatuaran... Había chicas que incluso se tatuaban su firma o alguno de sus poemas. Puestos a elegir, prefiero la firma, porque si luego te deja de gustar, para justificarlo dices que era la firma de tu abuelo muerto y a ver quién se atreve a criticar el garabato que te ocupa el antebrazo. Yo soñaba con vivir cerca, poder acudir a esas reuniones y sacarme una foto con él dándome un beso.

Crecí sin dejar de seguirlo, pero mi fanatismo se relajó un poco. La vida universitaria me arrolló y luego el trabajo ocupaba mi tiempo. Un día, viendo Instagram mientras meaba, descubrí que este tipo, Silvio Tigresa, iba a dar un curso presencial de poesía en mi ciudad. No negaré que me hizo ilusión y que, al ver que me lo podía permitir, pagué la cuota y reservé mi plaza. En el anuncio decía que las plazas eran muy limitadas y que había que darse prisa, pero la frase «plazas muy limitadas» se mantuvo hasta el final porque igual Silvio no vendía tanto como parecía.

Había conseguido mantenerse, se había adaptado a los tiempos y, aunque algunos de sus poemas de hace años eran bochornosos, él seguía trabajando. Tenía ese aura de tipo atormentado, que lleva las uñas pintadas de negro, que te llama «pequeña» aunque seas más alta que él y que se autorreferencia con frecuencia para responder a algo. Llevaba sombreros y chupas de cuero aunque fuese verano. Sus manos huesudas estaban repletas de anillos y tatuajes muy profundos, como una línea, un punto o una estrella.

Aunque ya no me sentía tan fan, reconozco que el primer día de clase le di varias vueltas a la ropa que llevaría. Era un curso breve, una vez a la semana durante un mes. Le debía a mi yo adolescente conocer a Silvio y a la vez necesitaba reconectar con la escritura y la rutina porque no conseguía sacar tiempo para ella.

Silvio empezó preguntándonos si escribíamos y la respuesta fue en general afirmativa. Aquello me animó: siempre es una buena oportunidad de conocer a gente a la que le apasiona lo mismo que a ti. La siguiente pregunta fue «Qué le dirías a tu último amor». Yo no tenía mucho que decirle, la verdad, porque por entonces no había tenido demasiado amor. Pensé en la última chica que había besado: había estado bien, pero no habíamos repetido. Nos pidió que lo escribiésemos y que uno a uno fuésemos leyendo nuestro texto. Yo me moría de la vergüenza y me sentía como cuando en el colegio contabas las personas que tenías delante en la fila para ver qué parte del libro te tocaba leer.

—Te toca. ¿Te llamas?

Silvio me miró inquisitivo.

—Paula.

—Laura.

—Paula, pero si me quieres llamar Laura, me vale.

El resto de la clase rio por lo bajo.

Él me sonrió y me dijo:

—Intenta no romper el aura que han creado tus compañeras con estas bromas, por favor.

Que le había roto el aura y ni me había enterado, empezábamos bien.

—Léenos qué has escrito, Paula.

Yo estaba completamente sin inspiración y leí los tres versos que había borrado y tachado.

Te fuiste rápido.
Te deshiciste más rápido que el hielo de mi copa.
Me habría gustado quitarte la ropa.

Silvio me miró.

—Gracias por abrirte. ¿Fue muy duro ese desamor?

Yo negué.

—Es una chica con la que me lie el finde pasado, la verdad.

La clase se rio otra vez y él puso los ojos en blanco mientras seguía con el ejercicio.

Aunque me sentía un poco fuera de los códigos que manejaban mis compañeros, que a veces me llevaban mentalmente al instituto, disfruté del curso porque me ayudó a volver a escribir. No tenía muy claro si le caía bien a Silvio, porque cada vez que me preguntaba algo me quedaba con la sensación de responder algo que él no quería oír. Por eso me impactó que me invitara a tomar algo al salir de clase. Me hizo ilusión y me sentí especial, aun sabiendo que este chico era un poco gilipollas. De alguna manera u otra, me había elegido.

—No esperaba que me dirías de tomar algo —le solté.

—Es que te he escrito un poema. He pensado mucho en ti. ¿Quieres que te lo recite?

La verdad es que, aunque me guste la poesía, nunca he sido muy fan de los recitales unipersonales. Prefiero leer en la soledad de mi habitación. Si estamos en un bar y se lo lees a más gente me gusta, pero que me reciten un poema a mí sola es de las cosas más aterradoras que se me ocurren. Me incomoda, no sé qué cara poner, me da miedo ser muy expresiva si me horroriza o serlo poco si me gusta, y al final estoy más pendiente de cualquier otra cosa que de escuchar a la persona. Pagaría por que me diese un papelito con el poema y poder leerlo yo tranquila en mi casa, mandarle luego una nota de WhatsApp con mis opiniones o unos emoticonos. Pero no quería que me lo leyese en la cara. ¿Qué excusa le podía poner? Alergia a la poesía. Alergia a tener que reaccionar sin reflexionar. Iba a leerme el maldito poema en la cara.

—Claro, adelante.

Silvio sacó su libreta Moleskine del bolso de cuero marrón que llevaba siempre cruzado para demostrar que su masculinidad no es frágil. Me miró a los ojos y comenzó a leer.

Eres como la primavera.
Volátil.
Inabarcable.
Libre.
Quiero lamer tus flores.

En ese momento deseé estar con África y Sara en una terraza para poder reírme a gusto de la mierda de poema que me había escrito el tío por el que yo babeaba con quince años. Quiero lamer tus flores. Qué vergüenza más grande; creo que si les enseñase este poema a los del curso, pedirían que les devolviesen la matrícula.

—Qué bonito. Me he emocionado...

Soy una falsa.

—Así es como yo te veo.

—Nunca me habían dicho eso.

Y menos mal.

Seguimos tomándonos un vino, porque por supuesto la cerveza no le parecía suficientemente bohemia, y Silvio hablaba sin parar de cosas que hacía y que le decían. Que si estuvo con una mujer que estaba loca a la que le escribió su último poemario y por la que se tatuó dos colibríes en la espalda. Que no solía enrollarse con sus alumnas, pero que mi luz le había cautivado. Yo no sé a qué luz se refería, pero en redes sociales había más de uno y más de veinte testimonios de alumnas con las que se había liado. Le habrían cautivado también con su luz, supongo.

Salimos del bar y yo noté que caminaba muy pegado a mí. Acercaba su pelvis a mi culo para seguir cautivado por mi luz, quiero entender, me acariciaba los hombros y acercaba mi cara a la suya.

De pronto tiró de mi cuello hacia él y me besó. Nos besamos bastante guarro y él sostenía mi cara con sus manos plagadas de anillos, que seguro que le dejaban el dedo azul. Besaba rarísimo, como tratando de abarcarme toda la cara con la boca, como si nunca le hubiesen hecho ningún tipo de comentario o crítica sobre su forma de besar. Me estaba llenando de babas la cara y yo quería irme de ahí.

En un momento que nos separamos, lo vi claro.

—Tengo que irme, Silvio.

—¿Cómo vas a irte? Si voy a lamer tus flores esta noche... —me susurró esta frase tratando de ser lo más sensual y sexual posible, pero a mí me estaba dando la risa.

—Mejor quedarnos así, porque con la tristeza de no poder estar contigo seguro que escribo algo bueno.

Y ahí dejé plantado al tío con el que me había imaginado follando cuando aun no sabía ni cómo se hacía, con el que había sentido tanto por sus poemas, que me había puesto nerviosa solo con dirigirme a él. Me había chupado la cara, me había besado como si me estuviese haciendo el boca a boca, como si limpiase la tapa de un yogur. Ese día decidí que no volvería a besarme con un poeta atormentado.

21
CADA COÑO ES UN MUNDO

Yo siento que con cada persona con la que me acuesto es como vivir una primera vez. África dice que «cada coño es un mundo» y un poco de razón tiene, aunque le falle la prosa. Cuando no tenía tanta experiencia en el sexo, pensaba que todos los genitales eran iguales. Sí que se hablaba mucho del tamaño del pene, pero no se hablaba demasiado de la vulva. Por no hablar, no se hablaba nada. Y es algo muy impactante: algunos coños tenían los labios más gordos; otros, más finos; unos eran más para afuera y otros lo tenían todo recogido como si fuesen un monedero de pellizco de los que usaba mi abuela. Cuando mis amigas cogieron un bocata de mortadela para explicarme lo que me iba a encontrar en mi futuro, pensaba que estaban de broma, pero fue realmente útil y divertido ver cómo iban añadiendo lonchas para exponerme esas diferencias.

Hoy tenía la sensación de que iba a ser mi primera vez con Clau y eso me ponía algo nerviosa. Me había invitado a cenar a su casa, y allí me presenté con una botella de vino y un coulant congelado del Mercadona. Cocinar no era mi fuerte y tampoco se me daba bien ser comensal, aunque peor se me daba ser anfitriona. Así que asumí mi posición y confié en que podría ser la persona que le descubriese a Claudia el manjar que era para mí el coulant congelado del Mercadona.

Llamé al timbre mientras carraspeaba para responder el «Yo» más sensual que había dentro de mí cuando preguntaron al otro lado: «¿Quién es?». Subí andando por las escaleras para que Clau viese que se daba besos con una chica muy atlética y, cuando dejé atrás el tercer piso y el aire comenzó a faltarme, concluí que había sido mala idea. Respiré hondo todo lo posible para no parecer sofocada y llamé con mis nudillos a la puerta de Clau: al otro lado me encontré de nuevo la sonrisa más bonita que había visto en mi vida. Sonrió y me abrazó mientras soltaba un «Pau».

La cena transcurrió mejor de como la había recreado en mi cabeza en los últimos días: no dejábamos de encontrar cosas en común, nos descubríamos anécdotas apasionantes de la otra y sobre todo nos reíamos mucho. Se notaba la tensión en el ambiente, pero no era incómoda. Al final solamente llevábamos unas semanas en la vida de la otra, no nos conocíamos tanto. Alguna de las dos podría ser una psicópata y no nos habríamos enterado aún. La verdad es que pensaba que tendría que tomar la iniciativa o dejarle caer algo acerca de acostarnos juntas, pero sin darnos cuenta y de forma natural tenía ya a Claudia sentada a horcajadas encima de mí y nos estábamos besando diferente que otras veces. Había más pasión, más nervios y muchas más ganas. Nos quitamos la ropa, ni era consciente de quién hacía qué, yo solo quería estar con ella todo el rato. Por mi cabeza se cruzaban pensamientos sin sentido como si Clau sería de las que hablan mucho al follar; me preocupaba si de repente le gustaba el sexo duro y me pedía que la ahogase, que le diese con una fusta o que la llamase «puta» cuando a mí ahora mismo solamente me salía escribirle un poema.

Llegamos a su cama y, con una confianza no trabajada, hicimos el amor. Que siempre me ha puesto nerviosa esa expresión, hasta que lo hice y lo entendí todo un poco más.

22
VAS A VOLVERME LOCA

¿Cuándo se es novia oficial de alguien? Yo solo sé que llevo tres meses quedando con una chica, que no paro de pensar en ella y creo que ella algo piensa en mí. Nos hemos dado besos, nos hemos acostado y hasta un día nos corrimos a la vez. Eso es de novias o de bendecidas por la gloria de Toñi Moreno, otra lesbiana que corrió para que yo pudiese andar.

Cuando era pequeña resultaba mucho más fácil porque pedías salir, lo preguntabas claramente. A veces hasta por escrito y mandabas una notita de papel cuadriculado de libreta con espiral en la que escribías

¿QUIERES SER MI NOVIO?

☐ SÍ ☐ NO

Y punto. Por escrito no quedan dudas y esa hoja de libreta tenía la misma validez que un documento compulsado.

Hoy, Claudia me había preparado un plan sorpresa y yo estaba muy nerviosa porque no me solía pasar eso. Sin darme muchas explicaciones, cogimos un taxi hacia Fuenlabrada.

—¿A qué coño vamos a Fuenlabrada, Clau?

Ella sonrió con picardía.

—Es una sorpresa.

Me pasé todo el trayecto inventando posibles lugares para hacerla reír.

—¿Vamos a un paintball?

—No.

—¿A la piscina?

—Es noviembre, Paula.

—Vamos a ver la olla gigante del cocido con el que ganaron el récord Guinness.

—Ni sabía que existía eso.

—Pues podíamos ir...

Cuando abrimos la puerta del taxi, se escuchaba el ruido de la música a lo lejos, había luces que se movían y parpadeaban desde una zona de árboles, se vislumbraba una noria y se mezclaba el sonido de la música con los pitidos de unas sirenas.

—¿Me has traído a una verbena? Me encantan las verbenas.

La abracé y la llené de besos sin entender qué había hecho yo en esta vida tan bueno para que esta persona quisiera hacerme feliz.

Nos aproximamos a la zona y lo vivimos todo con mucha intensidad: ganamos un llavero con linterna en la tómbola, casi vomito en el saltamontes, la llevé en los autos de choque mientras me peleaba con otros coches por no conducir de forma cívica... Clau miraba mucho el móvil de reojo y, aunque la veía disfrutar conmigo, sentía que estaba nerviosa.

—¿Pasa algo?

Ella me sonrió negando con la cabeza.

—Me apetece bailar. ¿Vamos a la orquesta?

Tiró de mi mano hasta allí. Aún no había empezado, cogimos unas cervezas en la barra y nos metimos entre la gente. Ella no dejaba de mirarme sonriendo.

—¿Por qué me miras tanto?

—Porque eres muy guapa.

De repente sonaron unas notas que me resultaron familiares. La miré sorprendida.

—Es...

El batería de la banda habló por el micrófono:

—Con todos ustedes, una reina, una diva, para quien quiera volverse loca con ella y recordar los tiempos en los que fuimos felices... ¡Un aplauso para Natalia!

En el escenario entró Natalia con un corsé de lentejuelas y unas botas altas. Ahí estaba la tía por la que yo estuve intercambiando fotos de *Operación Triunfo* hasta conseguir la suya. Veinte años después. Empezó a cantar «Vas a volverme loca» y todo el público comenzó a saltar al escuchar uno de sus mayores hits.

Yo estaba inmóvil, sobrepasada por lo que estaba ocurriendo, sin dejar de sonreír. Podría llorar.

—Te quiero mucho, Pau.

La guay, la de la foto de Natalia, la prota del baile me quería. Y yo a ella.

—Y yo a ti.

Y comenzamos a besarnos mientras sonaba la canción. Al momento me separé de ella y la miré a los ojos.

—¿Quieres ser mi novia, Claudia?

Ella sonrió con ternura y asintió besándome.

De repente empezaron a sonar fuegos artificiales de colores en el cielo, que yo quise pensar que eran para nosotras, aunque seguramente la Asociación de Vecinos de Fuenlabrada llevaba meses ahorrando para clausurar sus fiestas por todo lo alto sin pensar en que dos lesbianas enamoradísimas empezarían a ser novias justo en ese momento. Si me hubiera muerto en ese momento, no me habría importado. Era feliz. Me querían y me sentía querida. Sonaban los éxitos de Natalia de *OT1*. No me hacía falta nada más.

23
LISTA DE COSAS QUE ME GUSTAN DE CLAU

- Su olor.
- La forma en la que se corta las uñas, ovalada.
- Su pelo corto y colocárselo detrás de la oreja.
- Que siempre diga que no sabe qué ver en la tele para al final convencerme y que volvamos a ver *Toy Story 2*.
- Cómo canturrea mientras espera a que el café salga de la máquina.
- Cuando me da un beso en la cabeza al dejarme en la cama durmiendo.
- Cómo me agarra de la manga del pijama mientras se queda dormida.
- Mi nombre en su boca.
- Su nombre en la mía.
- Ir por la calle de su mano.
- Hacerla reír.

- Cuando digo que me gusta algo y me dice que a ella también.
- Que me enseñe cosas.
- Enseñarle cosas y verla interesada.
- La dulzura con la que trata a los animales.
- Su sonrisa.
- Verla desnuda.
- Despertarme y ver que está a mi lado.
- Que me sonría mientras nos besamos.

—Te pido, por favor, que guardes esa lista bajo llave y nunca se la enseñes a nadie o llamará a la policía.

África no solía tener excesivo tacto a la hora de decirme las cosas, así que busqué apoyo en Sara.

—A mí me parece muy bonita. Es verdad que destacar la forma que tiene de cortarse las uñas igual es pasarse un poco, ¿no?

—Chicas, la quiero tanto que siento que me va a explotar el pecho de todo el amor que siento. Es que no paro de pensar en ella, es perfecta.

África se quitó las gafas de sol y me miró penetrante.

—Pau, perfecta no puede ser. Nadie lo es.

Yo negué.

—Os juro que ella sí.

24
UN MARCIANO EN LA TIERRA

Soy una persona romántica tradicional, aunque mi carcasa feminista diga que no. Me canso de disfrazar mis ganas de que me regalen flores con el discurso de «No me abras la puerta ni me dejes pasar primero».

Lo de las flores no es algo casual, nunca me las han regalado. Miento, solo una vez, y fue África, cuando me operaron de apendicitis. Sara le explicó tan mal por teléfono lo que me había pasado que pensó que tenía un tumor y se presentó en mi habitación con un ramo, bombones y un peluche horroroso de un oso en que ponía ES UNA NIÑA porque se puso nerviosa y no leyó la frase.

Llevo toda mi infancia y adolescencia imaginándome detalles preciosos que podría tener alguien por mí. Me he imaginado tantas cosas que ya no sé qué es ficción y qué es realidad de lo mucho que he recreado algunas en mi cabeza. Me he inventado novios, citas, besos, polvos... Me he inventado tanto que me quieren que no sé cómo es que me quieran. No sé si he puesto el listón muy alto con todo lo que me he imaginado. A lo largo de mi vida he mezclado escenas de las series que más me gustaban en aquel momento con alguna trama tóxica de las novelas para chicas que se supone que tenía que leer y en las que no me sentía identificada con ninguno de los personajes y acababa eligiendo como favorita a la que tenía el pelo del mismo color que yo. Ese era mi único criterio y lo único que me unía con aquel personaje: el pigmento de su cabello. Ni nos preocupaban las mismas cosas ni veía sentido a la tontería que tenían con los chicos, pero nunca lo reconocía en público. Repetía las frases de esos personajes para así sentirme una más.

A veces me sentía como si un marciano hubiese llegado a la Tierra y tuviese que observar los comportamientos de sus habitantes para así disimular y que nadie sospechase que no era uno de ellos. Esto fue toda mi adolescencia.

Creo que lo más romántico que había vivido hasta entonces fue cuando un chico de mi instituto me pidió por el Messenger que fuera su novia, pero que lo llevásemos en secreto porque le daba vergüenza. A mí aquello me pareció romántico, un amor a escondidas, como Romeo y Julieta. O como Marcos y Eva de *Los Serrano*, que estaban liados y eran hermanos, aunque tampoco había que irse tan lejos.

El secreto estaba bien un rato, después querías hacer cosas de novios, que, según las revistas que leía entonces, eran darnos la mano, que me pasase el brazo por la cintura y yo metiese la mano en el bolsillo trasero de su pantalón. Pero todo se reducía a darnos besos en la parte de atrás del supermercado del pueblo y que él me tocase una teta por encima de la ropa como quien comprueba si un kiwi está maduro. Aquello era romántico. Cuando intentó meterme la mano dentro del pantalón y me aparté, dejó nuestra relación furtiva y me llamó «fea» y me dijo que lo había hecho para reírse con sus amigos. Al día siguiente en el instituto ni me miró, parecía que no me había visto en su vida. Yo estaba triste por ser tan inmadura y no haber podido corresponder a sus necesidades de adolescente de quince años: entendía su dolor y su castigo. Tenía pensado su regalo de cumpleaños aunque faltasen todavía muchos meses y aun después de llamarme fea, tenía dudas sobre si debía regalárselo igualmente cuando llegase la fecha.

Y me han querido en este tiempo, pero no tanto como he querido yo. No pasa nada, es algo que asumo. Asumo mi intensidad a la hora de querer y después de años de terapia encajo que no todo el mundo lo hará como yo. He regalado muchas flores, porque me gusta mucho la sonrisa que ponen las personas cuando saben que ese ramo es para ellas. De repente, tengan la edad que tengan, ves en sus ojos un poco de ilusión infantil. Es bonito que te regalen flores.

Yo soy todo lo romántica que me dejan ser. Podría serlo mucho más, pero haré lo necesario para no asustar y para que no me duela que no lo sean tanto como yo.

A veces pienso si alguna vez me querrán tanto como yo quiero cuando quiero, pero no me entristece. Estoy conforme con este código. He aceptado las bases de la vida y asumo las consecuencias.

25
QUÉ BIEN, ¿NO?

Me paso todo el día pensando en Clau. Ayer me dormí pensando en lo bonito que sería vivir juntas y estar las dos en la cama, leyendo. Me paso el día escribiendo unos poemas que le darían vergüenza hasta al poeta que quería lamer mis flores. O a la gente de los micros abiertos a los que me encanta ir, decir mis moñadas y escuchar las frases absurdas que se les ocurren a los típicos poetas de Instagram que

te separan
las palabras así
y ya lo llaman poesía.

Lo fuerte de todo es que Clau parece que también está enamorada. Tiene muchos detalles conmigo. Cuando duerme en mi casa y se tiene que ir temprano a trabajar me deja siempre una nota en la mesilla diciéndome que me quiere. Se acuerda de todo lo que le digo, hasta de los detalles más tontos. Me manda vídeos de gatitos que le recuerdan a mí. Para mí eso es el amor. O eso es lo que he visto en la tele.

Una de las cosas que más me gusta hacer con ella es performar la cotidianidad. No vivimos juntas, pero me encanta que se quede en mi casa, hagamos la cena juntas y veamos una peli hasta quedarnos dormidas. Como un simulacro de vivir juntas que yo había visto en tantos sitios que no puedo ocultar la emoción que me produce poder ser yo la protagonista de aquellas escenas.

Nos abrimos un vino y Clau propuso ver una peli sueca que le habían recomendado en Filmin, a mí me apetecía ver una de animación que había salido en Netflix de unos alienígenas, pero accedí a lo que decía ella porque si me hubiese propuesto sacrificar animales y hacer un ritual probablemente le habría dicho que me parecía un planazo.

Nos acariciamos la mano mientras leíamos los subtítulos, que por suerte eran fáciles de leer porque los suecos dicen dos palabras por minuto, y nos mirábamos de reojo y sonreíamos.

—Qué bien, ¿verdad, Pau?

Pues sí. Qué bien.

26
UN MR. POTATO QUE SE DISEÑA A SU GUSTO

Creo que mis amigas están un poco cansadas de que les hable de Claudia. Bueno, no es que lo crea, es que África me lo ha dado a entender más de una vez diciéndome que si sigo hablando de ella, se pega un tiro. África siempre ha sido más radical, yo sé que lo hace para protegerme, y que me quiere, y que solo quiere lo mejor para mí. Pero me molesta cuando intenta buscarle defectos a Clau para hacerme rabiar. Yo no es que crea que no tiene defectos, es que a lo mejor todas esas cosas que hace diferente a mí no me molestan.

África es muy protectora. Es algo que me sorprende porque no sé dónde lo ha aprendido. Solo me dice que me quiere cuando está borracha, pero me lo demuestra cada día cuando me pregunta cómo estoy, se acuerda de que tengo alguna entrega importante en el trabajo o va a pagar la cuenta sin que yo me entere. Quiere tanto lo mejor para mí que no le vale nada. Igual es un poco tóxico, pero supongo que teme que vuelva a pasarlo mal.

He conseguido que Jana desaparezca de mi vida. No me la encuentro por la calle, ni a ella ni a ninguna persona que tuviésemos en común. En su día nos bloqueamos en todas las redes que existían entonces y no tengo forma de saber qué hace, con quién se junta, si está bien... No siempre es fácil, aunque a mi entorno le digo que sí.

—¿Qué pasa, chicas? Os veo raras.

—Tenemos que decirte algo.

África juega con la etiqueta de su cerveza.

Nunca la veo nerviosa ni con dudas, así que por un momento me temo lo peor.

—¿Es grave?

—No, a ver... —divaga Sara.

—Que Jana se casa —sentencia África.

Yo abro mucho los ojos y le doy un trago a mi cerveza sin saber qué decir.

—No me importa.

—¿Seguro?

—Sí.

—¿Seguro?

—Bueno.

Lo bueno de ir mucho a terapia y tener recursos emocionales es que me puedo fabricar mis propias mentiras, como si fuera un Mr. Potato y pudiera diseñarme a mi gusto. Me fabrico una mentira sin fisuras, sin capacidad de réplica, y me la creo. Me convenzo de que no hablar de mis sentimientos y cerrarme herméticamente es una buena idea. Me lo creo.

Esa noche lloré hasta quedarme dormida y ni siquiera sabía qué me ocurría. No me dolía que se casase ni que quisiera a otra persona, pero me sentía ridícula. No podía evitar sentirme ridícula y humillada, y mi mente viajó a la soledad que me acompañaba cuando era pequeña. Ahí me sentía fuera de lugar, sola y sobre todo rechazada. El rechazo me aterraba desde entonces y Jana, por mucho que yo me hubiese apartado de ella primero, me había rechazado.

Cuando te rechazan no es sencillo asumirlo, lo primero que haces es buscar responsables. Y, por supuesto, tú eres esa culpable. Te comparas con todo el mundo y ves lo que ellos tienen, pero tú no. Ves lo que te gustaría ser y no eres. Y te dices cosas muy feas, porque cuando te rechazan y te sientes rechazada es muy difícil hablarte bien. Piensas, aunque no sea verdad, que nadie te va a querer, que no serás suficiente para nadie. Y que no podrás elegir, sino que te elegirán. Como si fueses un pantalón con tara en un outlet, no puedes esperar ser la primera opción, pero quizá sí la segunda. El miedo al rechazo te acompaña toda la vida, es la tecla que te tocó el hecho de ser la última elegida en la clase de Gimnasia, la que nunca tenía cartas en su buzón de San Valentín o la que nunca fue la mejor en nada. Eres el pelotón, te sientes parte de él y, aunque con los años has asumido ese lugar, que alguien reafirme que formas parte de eso te daña.

Posiblemente Jana no sepa ni la mitad de heridas que me reabrió y si se lo explicase tampoco tengo claro si lo entendería.

Mentiría si dijera que no le tengo rabia, porque sí que se la tengo. No me gusta sentir eso, pero una parte de mí disfruta de convivir con él, me siento un poco mala y me gusta. Tampoco tengo una rabia que me haga desearle el mal. Por la noche lloro hasta quedarme dormida. No entiendo por qué estoy triste si no me molesta que se case ni que quiera a otra persona. No le deseo el mal. No me sale. Quizá que no trabaje demasiado, que pierda el DNI o que vaya a un baño público a cagar y no haya papel. Pequeñas putadas que la incomoden un rato, pero que no la hagan infeliz para siempre. Lo bueno es que cada día con Clau cura todos los que Jana no me había querido.

27
LA GENTE CAMBIA

«Mi gran noche», de Raphael, era la banda sonora de mi día, que es especial porque saldré por la noche. Pero no se trata de cualquier salida, hoy presentaba a mi novia al Ministerio del Coño y eso me hacía ilusión.

Salir de fiesta con mi novia y mis amigas era una frase que nunca pensé que pronunciaría. Pero era real. Mi novia preciosa y perfecta y mis amigas.

Yo estaba ilusionada por llevarla a cenar a uno de nuestros restaurantes favoritos, que atendía John, un tío de Venezuela que se sabía nuestros nombres de la cantidad de veces que íbamos a su bar. Habíamos quedado en tomar unas cervezas y cenar poco, porque, como siempre dice África, «cenar hincha mucho, mejor beber». Así que allí nos plantamos.

Pedimos unas raciones sin mucho glamour. Me hice la chula al tomar la iniciativa para romper la ración de huevos rotos. Contamos nuestras mejores anécdotas y Clau se reía a carcajadas y participaba compartiendo algunas suyas.

Me encanta ver a Clau reír. Me pondría su risa de politono si no fuese de psicópata. Yo sentía que el mundo tenía más luz cuando ella reía y me desvivía para que no dejase de hacerlo. Pedimos cuatro rondas de cervezas, animadas por Clau la mayoría, que nos seguía el ritmo de beber a la perfección. Con la euforia de las cañas, decidimos seguir la noche en algún local cercano y entramos en uno que conocía África en el que nos aseguraba que siempre había muchas lesbianas y chicos que no eran pesados. El local no estaba muy lleno, encontramos un hueco en una esquina donde apilamos los abrigos y bailamos los éxitos de los noventa que sonaban de fondo. Mientras coreábamos una de Madonna, me tocaron el hombro. Al girarme me quedé inmóvil. Era Jana.

—Qué cara de susto, Pauli.

Pauli se va a desmayar pronto.

—Es que no te esperaba...

Nos dimos dos besos torpes.

—¿Todo bien? Cuánto tiempo...

—Ya, mucho. Todo bien. ¿Y tú? Estoy con África y Sara y... Clau, mi novia.

En todos estos años sin saber de Jana había recreado nuestro encuentro muchas veces en mi cabeza y en todas las versiones yo decía con mucha más seguridad y chuleria que tenía novia, pero no fue así. Cuando yo me lo imaginaba, sabía previamente que la vería, iba mentalizada, pero esto no estaba en mis planes.

Jana se acercó a darles dos besos a las dos y Clau no dejó de sonreírle amable. Jana volvió a mirarme.

—Bueno, pues me alegro mucho de verte y verte bien. Hasta luego, chicas.

Y se fue hacia otro grupo de personas que estaban en el lado opuesto del local, no sin antes guiñarme el ojo. No había que ser científica para detectar que me había cambiado la cara. Clau se me acercó a darme besos y abrazarme.

—¿Todo bien, Pau?

—Sí, sí.

No quería mirar a los ojos a mis amigas, que sabía perfectamente lo que pensaban. No quería que supiesen que estaba recibiendo sus mensajes.

—¿Quién era esta chica?

—Una amiga de hace tiempo, mucho lío, ya te contaré.

Era consciente de que no estaba bien ocultarle a Jana cuando formaba parte de mi pasado. Pero me avergonzaba reconocer lo enamorada que había estado de esta mujer, el daño que me había hecho y lo rechazada que me había hecho sentir.

Me fui al baño a respirar hondo. Por supuesto, al salir del cubículo estaba Jana.

—Te veo bien, parece maja tu novia.

—Lo es, es la mejor...

Nos quedamos en silencio mirándonos. Si era una guerra de mantenerse firmes, yo llevaba años preparándome.

—Ya sé que te casas.

Jana no se inmutó, como siempre. Como cuando me decía que se había montado un cuarteto mientras se comía un sándwich mixto.

—Así es.

—¿Y quién es el afortunado?

—Ya lo conoces.

—¿Chayanne?

—No lo llames así...

—¿Y dónde está todo eso de las relaciones poliamorosas y la libertad?

—La gente cambia.

—Tú no.

—No sé, Pauli, me sentí sola, me acompañó mucho en un momento duro y supongo que quiero pasar mi vida con él.

Yo ya no sentía vergüenza ni tristeza. Estaba enfadada. No es que Jana quisiera a los dos y no pudiera prescindir de ninguno. Es que no me quería a mí. Tenía que salir de ahí.

—Tengo que irme.

Salí de ahí recordando el consejo de mi psicóloga para los pensamientos malos: «Córtalos con acciones». Me fui corriendo de aquel baño. Me sentía satisfecha de salir de ahí. Volví con mis amigas y besé con ganas a Clau. Me sentí en mi lugar. Bailamos y cantamos y, aunque tratamos todas de fingir que nada raro había pasado ni estábamos incómodas, había algo en el ambiente que no dejaba disfrutar del todo de la noche. Clau me dijo de irnos a casa y todas accedimos. Yo estaba un poco triste porque la noche no había sido tan increíble como yo me la había imaginado.

SEGUNDA PARTE
LO DE ANTES

28
LA HETEROPERO

Cualquier persona no heterosexual se ha encontrado en el camino a una heteropero. Y con suerte no se ha vuelto a topar con ninguna más.

Yo he tenido unas cuantas heteropero en el camino y me estoy quitando con más dedicación que de fumar, aunque hay una parte dentro de mí, mezcla de romanticismo tóxico y de ego de poder con todo, de ser una convertidora de heteros flipadísima. África me llamaba la conversora de peseta a euro.

Una heteropero es esa persona que se besa con mujeres, se acuesta con mujeres y hasta tiene una seudorrelación con ellas, pero luego se ampara en su heterosexualidad para evitar cualquier tipo de responsabilidad afectiva.

La heteropero que arrasó conmigo fue Jana. Jana era actriz, con eso te lo digo todo.

Actriz con todo lo que supone ser actriz: carga cuarzos con la luna, se mueve como si la estuvieran grabando todo el rato y cuando se junta con sus amigos actores y caminan por la calle se creen que están en un musical y se ponen a cantar. De estas personas que pueden mimetizarse con una grulla si lo requiere el papel, pero no sabe hacerse cargo de sus sentimientos.

Conocí a Jana cuando entró por la puerta del Sirena, el bar en el que yo trabajaba, preguntando por el anuncio de SE BUSCAN CAMAREROS que estaba pegado en la cristalera de la entrada. Tardé unos segundos en responderle porque la vi acercarse hacia mí a cámara lenta, con la melena al viento y con «Como yo te amo» de la Jurado de fondo en mi cabeza.

—Tienes que dejar tu currículum, yo se lo entregaré a mi jefa. ¿Tienes experiencia como camarera?

—Claro, soy actriz —dijo, riéndose.

Recogí la carpetita en la que guardaba su currículum y lo puse encima del montón de candidatas que ya tenía esperando a mi jefa. Podría decir que Jana entró a trabajar en el bar por azar, pero en cuanto empezaron a valorar los perfiles fui especialmente insistente en que ella me había dado muy buenas sensaciones, que tenía pinta de ser de fiar y que seguro que no robaba dinero de la caja como nos había ocurrido con Maite, la anterior camarera.

En cuestión de días comenzamos a trabajar juntas. Ella llegó el primer día con un ramo de flores y yo pensaba que la película que me había montado en mi cabeza se había cumplido, y que ella también me había visto a cámara lenta poniendo cañas, pero en cuanto entró en la barra buscó algún vaso de tubo para meterlas dentro.

—Estaba este sitio muy soso, ¿no? —dijo, guiñando un ojo.

Lo estaba. Faltaba ella. También me insistió en que yo le había dado suerte para que la seleccionaran en el trabajo y yo no le quité la razón, aunque obvié todas las estrategias que había desarrollado con mi jefa previamente.

No soy la persona que mejor interpreta las señales del mundo y tenía al Ministerio del Coño frito de explicarles al más mínimo detalle cada interacción que tenía con ella conforme avanzaban los días.

Jana era muy cariñosa, siempre me saludaba con un abrazo, nos reíamos mucho y nos contábamos muchas cosas personales cuando nos tocaba cerrar el bar. A mí me parecía que estaba tonteando conmigo, que algo de interés tenía en mí, pero a veces me entraban dudas porque no sabía si solo estaba siendo amable al ir cogiendo confianza.

Un día vino a recogerla al bar un chico. Decidí que era su hermano, aunque la teoría se desmontase un poco en cuanto los vi saludarse con un beso en la boca.

Su novio era un vasco guapísimo, con pendiente de coco y pinta de salir a hacer senderismo todo el rato sin más fin que andar y hacerse una foto en lo alto de alguna montaña con el pulgar levantado. Debajo del forro polar y la camiseta roída que vestía escondía unos músculos cincelados por los dioses que dejó ver en cuanto se desabrigó. Su mirada decía que podría encender un fuego con dos piedras y un palo. Tenía una sonrisa en la que parecía que le habían colocado cada pieza dental midiendo al milímetro que estuviese alineada, como la de Chayanne. Cuando Jana me lo presentó, lo saludé sonriendo y agradeciendo mentalmente a mis padres que me hubiesen obligado a llevar brackets, porque estaba a la altura de sus dientes. Yo también tenía una sonrisa como la de Chayanne.

Se despidieron de mí con la mano y yo me quedé limpiando la barra con una bayeta, pensando que siempre he sido más de Ricky Martin.

29
RICKY MARTIN Y MI PADRE

Aunque me gustan los hombres, tengo una relación complicada con ellos, lo reconozco. Me caen mal casi todos. O tengo menos paciencia con ellos, no lo sé. La cosa es que, desde que me gustan las mujeres, los soporto cada vez menos. Es como que la permisividad y la pasividad que tuve durante toda la adolescencia con ellos se ha dado la vuelta. Esos años dándoles besos a esas caras con granos y tres pelillos como barba, riendo sus bromas, viviendo solo para gustarles habían terminado y ahora no les aguanto ninguna de esas tonterías. Sara me dice a veces que me paso con ellos, que parece que los odio, y yo le insisto en que cómo voy a odiar a los hombres, si tengo padre y abuelos y los quiero muchísimo.

De pequeña siempre decía que solo existían en el mundo dos hombres guapos: Ricky Martin y mi padre.

Me creía con la verdad absoluta y como, cuando lo decía en las comidas familiares, siempre respondían con risas y positividad, yo lo repetía constantemente para buscar aprobación. Con el paso del tiempo conocí también a otros hombres guapos, como mi profesor de Inglés en el último año de bachillerato. El Teacher le llamábamos. No era un mote muy original, pero a esa edad nos hacía mucha gracia cualquier tipo de incorrección a la hora de referirse a un adulto.

El Teacher tendría unos cuarenta años, para mí era muy atractivo. Fue el primer hombre mayor que me gustaba de una manera en la que yo sentía que podía tener posibilidades. Me ofrecía voluntaria en todas las actividades que organizaba y hacía mis deberes con mucho cuidado para que se fijara en lo buena estudiante que era, como si eso fuese sexy para un profesor o para cualquiera. También iba a su despacho a preguntarle dudas que podía resolver si las hubiera buscado en Google. Un día, en la sala de espera del médico, lo vi de lejos con una señora y le dije a mi madre que qué mono, que había acompañado a su madre al médico. Ella me miró extrañada.

—Es su mujer, no su madre.

Aquello me sorprendió, pero no me frenó en mi idea de que haríamos buena pareja.

Cuando terminé el instituto, nos agregamos a Facebook para estar «en contacto», ya que él tenía mucha fe en que yo me dedicase al inglés y a la enseñanza. Nunca me vi como profesora y, aunque me sabía de memoria la tabla de los verbos irregulares, no tenía claro si podría sobrevivir en Londres respondiendo como un loro «Begin, began, begun.» Aun así, tampoco le quise quitar la ilusión, así que le seguí el rollo durante el curso por si así podía enamorarlo. Durante mis primeras semanas en Madrid le mandaba canciones románticas en inglés con la excusa de preguntarle si pensaba que eran buenas elecciones para aprender la pronunciación y él me respondía muy amable, pero nunca recibí el «I love you» que esperaba por su parte.

Al cumplir mi quinto año viviendo en Madrid, me llegó un mensaje privado del Teacher, diciendo que iba a estar en la ciudad unos días para participar en una charla que organizaba un congreso con muchísimas palabras en inglés que no recuerdo en su título y que quizá podía ver a su alumna favorita.

Desde la última vez que lo había visto, yo había cambiado mucho y me habían pasado cosas. Muchas cosas, comparándolo con los años de instituto, cuando a lo mejor lo más relevante que me pasaba en un mes era que en la *Súper Pop* me salía «Mayoría de A: Yoli» en un test de «¿A qué personaje de *Los Serrano* te pareces?». Porque sí, siempre he sido Yoli por mucho que soñase con ser Teté. Pero en Madrid me habían pasado muchas cosas. Había besado a otra gente, había asumido que me gustaban las mujeres y había limpiado un váter por dentro, que es algo que descubres que va a formar parte de tu vida cuando dejas de ocupar la casa de tus padres.

Aquella mañana le di más de una vuelta a la ropa que me iba a poner; estaba segura de que no se notaba que me había probado varias combinaciones, pero me sentía con confianza con lo que llevaba. Quería expresar que ya no era una niña y que lo tenía muy claro todo en la vida, y me pareció que unos tejanos y una camisa abullonada lo representarían a la perfección. Me parecía que era la ropa que se pondría una persona lista.

Lo cité en un bar que había buscado en Google que estaba bien, porque en mis primeros años en Madrid solo podía permitirme cadenas de comida rápida, ofertas de 2×1 y los flyers de esa gente que sale de debajo de las piedras y te para por la calle para ofrecerte copa, chupito y cachimba sabor fresa por cinco euros. Quería que el Teacher me admirase. Lo cité en un bar que tenía un rollito vintage hecho aposta, de esos en que los muebles son nuevos pero parecen viejos, que parecía de modernos que se llevan su Mac para trabajar ahí o para jugar al solitario, pero que, eso sí, siempre iban con su Mac. Me fumé un cigarro en la puerta de mi cajetilla de fumar para hacerme la chula, deseando que él se presentase por allí antes de que se consumiera. Al ver que no llegaba, me encendí otro. Cuando estaba a punto de terminarlo, apareció corriendo y sudado. Se aproximó a mí y me dio dos besos, dejándome un rastro de sudor en las mejillas.

—¡Perdona, Paula! Qué grande es esta ciudad, me había perdido en el metro, no hay quien lo entienda...

Me sorprendió que para él no fuera tan sencillo como lo era para mí, aunque es cierto que yo llevaba años preparándome con aquella carpeta que comencé de adolescente con información sobre Madrid, en la que archivaba tantos datos sobre la ciudad.

Entramos al bar y nos pedimos una cerveza. Me empezó a contar que seguía en el instituto y que no había cambiado mucho, salvo que habían repintado las vallas que lo rodeaban. Que esa fuese una información relevante para él me llamó la atención, pero supuse que lo hacía por buscar algo cercano a mí.

Le conté lo que hacía en Madrid, que a veces iba a recitar poesía, que trabajaba en un bar, mi carrera y algunas anécdotas que había vivido saliendo por la noche. Él me contó que siempre venía al mismo congreso porque así se juntaba con otros compañeros y de paso «quemaban la noche madrileña». Lo de «quemar la noche» era un concepto que me daba un poco de vergüenza. A cada anécdota divertida que le contaba de mis aventuras en la gran ciudad, él respondía desde la condescendencia con frases como «Aprovecha, que estás en el momento», algo que me empezaba a incomodar. Salió el tema de su mujer, o su madre como yo pensaba entonces, y me contó que se había separado. De mi boca salió un «lo siento» espontáneo, ya que nunca me había visto en la situación de que un adulto me contase que se había separado tratándome como a una igual.

—Estoy bien. Es que ella era muy controladora, estaba bastante loca.

El Teacher empezaba a caerme regular, aunque yo seguía dándole oportunidades por lo obsesionada que había estado con él. Cada vez que escuchaba a alguien llamar «loca» a otra persona, me revolvía.

—Seguro que no estaba tan loca...

—Si yo te contara, Paulita... Bueno, ¿y tú qué? ¿Tienes novio? Cuéntame tus amoríos.

Nunca había conocido a una persona que utilizara la palabra «amoríos» de forma no irónica. Me resultaba raro contarle mis experiencias amorosas a mi amor de la adolescencia, que además cada vez iba más borracho, porque bebía excesivamente rápido y me llevaba ya dos cañas de ventaja. Igual yo me paso de prudente cuando espero a que la otra persona se acabe su cerveza para pedir la ronda siguiente porque no quiero que piense que soy una alcohólica, pero igual el Teacher se estaba pasando.

—Estoy conociendo a una chica que trabaja en el mismo bar que yo, pero no somos novias ni nada.

—Anda, no sabía que eras lesbiana. No lo parecías, ¿eh?

—Bueno, soy bisexual. También me gustan los hombres.

Me sentí ridícula haciendo esta aclaración.

—Ah, entonces mejor, ligarás el doble.

La mesa se iba llenando de servilletas mojadas que utilizábamos para secar el cerco de condensación que dejaban los vasos de cerveza. Mientras él me contaba cosas sobre unas lesbianas que había conocido hace años yo miraba a mi alrededor. Solo había otra mesa ocupada, con dos chicos que parecía que tenían una cita. Deseé estar en esa mesa con ellos, ser su mariliendre y no estar con mi amor adolescente, que resultaba que era un borracho aburridísimo.

Al llegar las doce, el camarero nos avisó de que tenían que cerrar y el Teacher se adelantó para pagar.

—La próxima me invitas tú.

Afirmé con la cabeza sabiendo en mi interior que sería poco probable que me volviera a encontrar con el Teacher. En la puerta del local me preguntó si quería tomarme la última en otro lugar y decliné su oferta diciéndole que tenía que madrugar, cuando la realidad era que me había cambiado los turnos del trabajo para entrar más tarde por si la noche se alargaba. Se acercó a mí para despedirse y me besó. No me apetecía nada ese beso, pero pensé que a la Paula pequeña sí. Y la Paula pequeña se lo merecía. Cuando lo vi con intenciones de venir a mi casa, le recordé que madrugaba.

—No me puedes dejar así, Paulita... ¿No te apetece?

—Muchísimo, pero tengo que irme.

Me agarró el brazo cuando hice el amago de apartarme y me volvió a besar. Esto tampoco le apetecería a la Paula pequeña. Le correspondí el beso mucho más tiempo del que me habría gustado y cuando relajó sus dedos del agarre de mi brazo, me aparté y le sonreí.

—De verdad que me tengo que ir, lo siento...

Comencé a alejarme rápido de aquel bar, aunque fuera en dirección contraria a mi casa; no quería pasar cerca de donde estaba el Teacher. A lo mejor no debería hacerlo todo por la Paula pequeña.

30
TETA QUE CUBRE MANO, NO ES TETA SINO GRANO

Según avanzaban las semanas, Jana y yo cada vez estábamos más juntas. Mis compañeros del bar me preguntaban qué había entre nosotras. Mis amigas insistían en que tenía que pasar a la acción y yo me imaginaba preparando un flashmob en el bar, compinchándome con todos los camareros y los clientes de confianza, para que se pusieran a bailar «Marry Me» de Bruno Mars y que al terminar sacásemos cada uno una cartulina con una letra que al juntarse anunciara «¿TE GUSTO O NO?». Ellas insistían en que algo más modesto como decirle de salir a tomar una copa juntas también podría estar bien.

Como cada día que cerrábamos el bar, me dijo de fumarnos un último cigarro dentro y yo saqué uno de la cajetilla que guardaba en el bolso para fumar si veía que era necesario socialmente.

Nos quedamos en silencio exhalando humo y yo necesité romperlo porque no llevaba bien estas cosas.

—¿Hoy no viene Chayanne?

Jana comenzó a reír. Hacía unos días le había confesado el mote que le había puesto a su novio y ella lo había recibido de buen humor.

—No, hoy no viene.

Silencio otra vez. Solo nos acompañaba el sonido de la piedra de su mechero, que había tenido que coger de nuevo para encender su cigarro liado. Mientras, yo pensaba que a ver si mentalmente le llegaban mis ondas pidiéndole una cita. Cuando iba a abrir la boca, ella se me adelantó.

—¿A ti qué te hace feliz? —me espetó mientras echaba el humo de una manera que ahora podría confirmar que me hizo sentir húmeda y pequeña a su lado.

—No lo sé —le respondí sincera—. Me da satisfacción hacer cosas que de pequeña no pude hacer por miedo o vergüenza.

Ella sonrió.

—Es bonito. A mí me hace feliz ver amanecer.

Me quedé esperando a que dijera más cosas, por si podía hacer alguna y disimular diciéndole que era un hábito para mí, pero no volvió a abrir la boca. Silencio otra vez. Ella no parecía incómoda.

—¿Y nada más? —intenté tirar del hilo.

Ella inhaló de nuevo poniéndome nerviosa, mientras le caía ceniza en el pecho.

—Se te ha caído ceniza ahí —dije mientras ella se miraba y me miraba sonriendo de reojo. Me puse nerviosa—. A mí no me pasa porque no tengo pecho; si estoy sentada se me cae la ceniza en las piernas. Seguro que algún día me crecen. Mi abuela dice que tome almendras, pero nada.

Estaba tardando demasiado en decir tonterías para evitar el silencio. Ella se rio y yo viví lo más cercano a un stendhalazo.

—Entonces, ¿me has mirado las tetas?

En ese momento me habría gustado poder utilizar el comodín de la llamada, congelar el tiempo y preguntar al Ministerio del Coño qué responder.

—Porque se te ha caído la ceniza.

Una respuesta de la que cualquier lesbiana ilustre estaría orgullosa.

—Yo he mirado las tuyas y me gustan.

No es que me acomplejasen mis tetas, siempre he sido consciente de lo que tengo, pero tanto como para decir que le gustaban me parecía osado.

—«Teta que cubre mano no es teta sino grano», dicen.

La verdad es que cuando se trata de seducir, me puedo coronar. Jana se reía, por suerte.

—Yo tengo la mano muy pequeña, a lo mejor conmigo es diferente.

Ahogué un gemido porque no podía fingir más indiferencia ante esta mujer.

—Prueba —me chuleé con el poco raciocinio que me quedaba en el cuerpo.

Jana aproximó su silla a la mía, su boca a la mía y su mano a mi teta, que no se había visto en otra. Acercó mi mano a la suya. Era el reconocimiento médico más raro y erótico de mi vida. Nos besamos de la manera más bonita y guarra que me habían besado en la vida. Nos acostamos encima de una mesa que aún no habíamos limpiado y la sentí como si estuviese en el colchón más cómodo del Ritz.

Después de una hora y de empezar a sentir que me clavaba el pico de la mesa en el culo, le propuse ir a mi casa, aunque ella lo rechazó.

Al día siguiente actuó como si nada hubiera sucedido, cariñosa, bromista, pero tampoco muy cercana. La pasó a recoger Chayanne y ahí empecé a pensar que igual no debería haber solicitado información tan pronto en aquella clínica de fertilidad para traer al mundo a dos chiquillos con sus genes y los míos mezclados en una probeta.

Esa noche el Ministerio del Coño tuvo trabajo. Nos bajamos dos botellas de vino en mi sofá, nos cantamos «La playa» de la Oreja de Van Gogh a grito pelado y nos juramos que nunca más nos pillaríamos de una heteropero. Yo estaba convencida hasta que a la una de la mañana recibí un mensaje de Jana.

¿Al final podía cubrir tu teta con la mano? Es que me distraje un poco.

Y ahí estaba yo otra vez, en un taxi de camino al bar en el que estaba, cachonda y completamente perdida.

31
DENTRO DE MICKEY MOUSE HAY UNA PERSONA

Jana estaba convencida de que la fiesta del estreno de la nueva serie de moda sería el trampolín que necesitaba para alcanzar el éxito que merecía. Su representante era un señor que gestionaba la carrera de cien actores, pero que solo se esforzaba en gestionar la de los tres más famosos. Esto Jana me explicó que pasa a veces. Representan a mucha gente, pero a lo mejor están tan cansados de la vida que prefieren gestionar el trabajo que llegue para los exitosos en lugar de buscar activamente oportunidades. Y en esos pozos se encuentran muchos actores jóvenes con mogollón de ilusión que van perdiendo cada mes que le tienen que pedir dinero a sus padres para seguir compartiendo piso en Madrid con otras dos personas. Jana estaba en ese pozo, pero se pagaba su alquiler trabajando conmigo de camarera, también de azafata de congresos y de lo que pudiese con tal de no alejarse de su sueño. Eso era algo que admiraba de ella y que hasta me hacía sentir inferior por tener unos padres que me pagaron la carrera en su momento y que complementaban mi sueldo de camarera con algún ingreso mensual para el alquiler.

Jana no estaba invitada al preestreno y su repre no parecía poner mucho de su parte para conseguir que al final lo estuviese, pero en ningún momento eso había sido algo que la frenase.

Me pidió que me vistiera de gala y la acompañara, y yo pensaba que sí había conseguido invitaciones, pero por supuesto que no era así. Llegamos a la puerta de la fiesta que organizaban después del estreno y consiguió que nos dejaran pasar. Ella era así, si en el diccionario tuviesen que poner una foto al lado de la definición de «conquistadora», tendría que salir Jana. Se cameló al tío de la puerta en unos minutos. Se acercó a él, le susurró varias cosas al oído, se rieron juntos y se despidió dándole dos besos y su teléfono. Y entramos al local.

Los bajos de la canción que sonaba retumbaban en mis oídos, había mucho humo, mucho cartel de neón con palabras aleatorias en inglés que no tenían mucho sentido y mucha gente guapa y famosa. Jana hablaba con unos y con otros, se desenvolvía de una manera que no dejaba de impresionarme. Adornaba sus historias. Decía que alguien era su amigo cuando a lo mejor solo se habían cruzado por la calle, respondía que sí a cada referencia cinematográfica que le hacían aunque no la conociese. Llevábamos varias copas encima, las personas menos admiradoras de la noche abandonaban el local y, conforme avanzaba el tiempo, llegaba la oscuridad. Los viajes al baño de la gente que nos acompañaba eran cada vez más frecuentes. Mi inexperiencia no me hizo entender de primeras el porqué de aquellos viajes en grupo al baño hasta que Jana tuvo que susurrarme que iban a drogarse. Un grupo de hombres nos invitaron a ir con ellos, ella accedió y yo les acompañé. Jana se metió una raya delante de aquellos señores y para mí fue un poco como cuando descubres que dentro de Mickey Mouse hay una persona. De alguna manera se bajó de un lugar en el que yo la había colocado proyectando una imagen que me estaba inventando. Rechacé el billete de diez euros enrollado que me ofrecieron con una sonrisa. Estábamos metidas en el cubículo de un baño cinco personas. Al ver que yo no quería, tampoco insistieron, como yo me imaginaba que harían esas personas que se drogan o que se encargan de repartirla en las puertas de los colegios. El tío que me la ofreció respondió: «Sin problema, más pa mí» y aspiró la línea blanca que reposaba sobre la cisterna del váter. Al terminar de hacerlo, gritó como un animal y besó a Jana, que le correspondió sin mucho entusiasmo. Salimos todos del baño como si nada hubiese pasado. No me había gustado que aquel señor que emitía sonidos guturales que yo no entendía hubiese besado a Jana sin su consentimiento y así se lo dije en cuanto salimos de los cubículos. «Es una tontería, estamos de fiesta.» Para ella no era ningún problema y yo empezaba a sentirme una aguafiestas al no entender ni aceptar nada de lo que pasaba a mi alrededor. Nos bebimos chupitos con aquel grupo de tíos: uno era director de cine y me sonaba su cara, el resto tenían cargos que yo no recordaba. El director le decía a Jana que era su musa. Uno que era productor me decía que por qué no le mandaba los poemas que escribía, que se podía hacer algo con ellos. Yo observaba a Jana y ahí comprendí que una de las cosas que más me dolía era no poder besarla en público y, de alguna manera y aunque suene fatal, enseñar que era mía. La quería proteger. En uno de los viajes al baño y con el poco filtro que me da el alcohol, se lo solté.

—Me gustaría poder besarte en público.

Ella me retó.

—Hazlo.

Y nos besamos. Y fue una explosión de emociones. Podía explotar de excitación y empezaba a entender que también de amor.

Lo que yo pensaba que serviría para dispersar a aquellos señores que no paraban de prometernos trabajos de dudosa credibilidad hizo que se acercasen todavía más. Sentían que ver a dos mujeres besándose podía ser algún tipo de invitación a sumarse y la noche empezó a ponerse incómoda. Yo notaba que Jana había llegado a «la banderita del *Super Mario*», que era como le llamaba ella a cuando se pasaba bebiendo. Que se había pasado y que no estaba bien. Sumado al cóctel de drogas que se había tomado, casi no podía hablar. Volvimos a meternos cinco personas en un cubículo y ella me insistía en que teníamos que quedarnos. Esta vez asumieron que yo no quería y pintaron cuatro líneas blancas. Yo estaba un poco asustada porque nunca había vivido una noche como esta con Jana y no quería parecer inexperta, pero no me sentía cómoda. Jana casi ni abría los ojos y uno de los tíos le acercó el rulo de diez euros a sus manos. En ese momento y sin pensarlo demasiado, le quité de las manos el billete, me metí esa raya y miré a Jana cogiéndole la cara con las dos manos. «Nos vamos a casa.»

Salimos de aquel bar, ella murmuraba un poco y me insistía en quedarnos, que todavía había mucho por bailar. Nos sentamos en un banco de una Gran Vía casi desértica. Al hacerlo, asimilé que acababa de drogarme por primera vez y entré un poco en pánico. Mientras le daba la mano a Jana, que dormía apoyada en mi hombro, buscaba en Google si podía morirme por esnifar una raya de cocaína. El sonido del móvil de Jana interrumpió mi búsqueda: era Chayanne, su novio. Le dije dónde estábamos y a los quince minutos apareció en su moto. Porque él no podía tener un coche normal, tenía que llegar en una moto y hacerse el chulo. Jana se fue con él, no sin antes despedirse de mí con un beso en los labios que yo justifiqué mirándolo y señalando lo borracha que estaba. Se quitó una goma del pelo de la muñeca y me la puso en la mía, mirándome con los ojos vidriosos. Y yo me fui en taxi a casa mirando aquella goma del pelo como si fuera una pulsera de Cartier. Me había pillado de una actriz con novio y me había metido una raya de cocaína. La vida un martes cualquiera en Madrid.

32
UN LEÓN Y UN BICHO BOLA NO PUEDEN ESTAR JUNTOS

Besar a Jana era conectar con una parte de mí que yo no había dejado salir nunca, no sé si por miedo al caos imposible de controlar o porque ni siquiera sabía que esa parte existía en mí. Jana era animal. En el mejor de los sentidos. Ella te reconocía por el olor, rugía como una leona y te arañaba como una tigresa para demostrar afecto. Así enfrentaba la vida. Ella andaba descalza por la casa aunque fuese diciembre, se sentaba en los respaldos de los asientos y cruzaba las piernas de una manera imposible de imitar sin que te dolieran las rodillas después. Yo era pudor, vergüenza y si tuviera que asemejarme a un animal sería a un bicho bola. Me tocan y me enrosco. Me meto para adentro. Cuando nos acostábamos, me hacía sentir que era la elegida para formar parte de su exclusivo club de animales guais. Me miraba y me decía «¿Nunca te han dicho lo preciosa que eres?» y yo respondía con bromas y evasivas porque realmente sí que me lo habían dicho, pero no con tanta intensidad. Y muchas veces me lo había dicho un familiar en un contexto bastante diferente. Aunque suponía que era una pregunta retórica, nunca se me ha dado bien lo de hablar en la cama y opté por decirle un «¿Y tú?» con toda la sensualidad que había en mi cuerpo. Jana era de estas mujeres que están morenas aunque no les dé el sol, que en verano no se queman y que les queda bien cualquier cosa que a ti te sienta como si te hubieras vestido a oscuras eligiendo la ropa de un mercadillo.

Jana era libre. O mejor todavía: se sentía libre. Todos los impedimentos que aparecían en su camino eran para ella retos, pero nunca algo que la frenase. Ella era expansiva sin ser invasiva. Te contaba mil movidas sobre sí misma, pero también te escuchaba. Aunque te escuchaba más si hablabas de ella, pero de eso tardé mucho tiempo en darme cuenta.

Yo la admiraba y había leído mucho acerca de que es importante admirar a tu pareja. También es cierto que todos los artículos de «Cosas que son importantes en una pareja» son tan extensos que me acababa agobiando. Es imposible tener todo: comunicación, conexión sexual, encajar los traumas, admiración... Hay demasiados artículos explicándonos cómo vivir cuando somos adultos y poca gente explicándolo cuando somos pequeños. Si a Jana le hubieran enseñado a tener responsabilidad afectiva con sus juguetes a lo mejor ahora la tendría con el mundo. O a lo mejor no, pero nada me gusta más que justificar las cosas malas que hace la gente para vivir tranquila. ¿Que discute mucho? Seguro que perdió a sus abuelos cuando era muy pequeño. ¿Que no te deja hablar? Seguro que en el colegio no le permitían nunca expresarse. ¿Que no me cuida? No le habrán enseñado a hacerlo. La cosa es justificar y no tomar decisiones. Pero con Jana había tomado una: su libertad no encajaba con la mía. Un león y un bicho bola no pueden estar juntos.

33
NO ME GUSTA QUE TENGAS NOVIO

—No me gusta que tengas novio —le solté un día casi sin respirar a Jana.

Estábamos cerrando el bar, como cada noche, y nos estábamos fumando el piti de después de currar del paquete que yo me compraba para fumar con ella y que el resto del día no tocaba. Ella le dio una calada a su cigarro con cara de extrañeza.

—¿Por qué no te gusta?

Pues qué decirte, cariño... Porque me estoy pillando por ti y quiero besarte solo yo todo el rato y que veamos películas de lesbianas y nos pongamos la chimenea de Netflix de fondo y nos tapemos con una manta.

—Porque quiero que seas mi novia.

Esta frase lo resumía bastante y asustaba menos.

—Bueno, pero pasamos tiempo juntas y estamos bien, ¿no?

Es verdad que nos dábamos bastantes besos, que nos acostábamos con frecuencia y que nos decíamos que nos queríamos.

—Ya... Pero no en público.

Ella sonrió con ternura y con incomprensión.

—Pero ¿cuál es la diferencia?

De repente me hacía sentir como si tuviera ciento cincuenta años y estuviese cumpliendo unos votos de castidad.

—Que quiero que hagamos planes juntas... —Ella seguía asintiendo sin entender—. Bueno, no sé... Que nos demos besos solo nosotras, por ejemplo.

Jana me miraba como si fuese una marciana, ladeaba la cabeza como un perro que no entiende por qué le has tirado un palo tan lejos teniéndolo delante.

—¿A ti no te apetece besar a más gente que a mí?

No sé qué estaba pasando, pero estaba dejando de encontrar argumentos para defender mi postura.

—Sí que me apetece, pero lo puedo sacrificar por estar solo contigo.

Jana puso cara de extrañeza.

—No me gusta la palabra «sacrificar» cuando se habla de personas.

No, si encima la tía iba a tener razón y yo me estaba haciendo diminuta.

—A mí me gusta estar contigo. Pero llevo muchos años con Víctor y estamos bien.

No entiendo nada y me estoy poniendo nerviosa.

—¿Él sabe que estás conmigo?

A ver si por aquí conseguía que entendiese mi postura un poco mejor.

—Él sabe que nos enrollamos a veces, pero, Pauli, es que tampoco estamos juntas...

Yo me quedé encajando su respuesta en silencio. Lo acabó rompiendo ella.

—Es la forma que he encontrado de vivir y sentirme bien. Todo el mundo sabe lo que hay. Casi toda la sociedad se pone los cuernos y esta es una forma de jugar con las cartas a la vista, con honestidad.

Yo entré en el bar pensando en que iba a tener una novia y salí de él con una relación poliamorosa. Era un resumen perfecto de mi relación con Jana.

34
BAJA POR PAS

Mi abuela tenía los ojos verdes y tenía que llevar siempre gafas de sol porque le molestaba mucho la claridad, pero no iba por ahí pidiendo que le taparan el sol con una sombrilla. Se adaptaba. También se le ponían las manos rojísimas cuando tocaba la piel de una naranja y, en vez de evitar exprimirme un zumo por las mañanas, se ponía unos guantes. Pero nunca me dijo de pequeña que iba a dejar de hacerme zumitos. Entonces, ¿por qué si una persona dice que es PAS tiene barra libre para tratarme regular?

Entiendo que digas «soy PAS, todo me afecta más, así que si no te importa, evita hacerme *ghosting* porque me siento tan mal que me hundo en la más profunda tristeza, te lo agradezco». Pero es que, aunque no tengas sensibilidad, yo intento no hacer daño a nadie, independientemente del grado de dolor que les provoque. Jana me decía que era PAS y yo pensaba que en realidad era muy egoísta y ya. Creo que yo soy más PAS. Un día entré en la consulta de mi psicóloga y le dije con cara de susto: «¿Soy PAS? ¿Acaso hay un nombre para mi vida?». Y ella me dijo que no, que me dejara de tonterías. Me dijo que ser PAS era un rasgo de la personalidad, que había gente más sensible que otra, de la misma manera que había gente más asustadiza que otra o más espabilada. Y que eso en principio no te limitaba para llevar una vida normal. Vamos, que no podías faltar al trabajo por ser PAS. A mí me habría encantado que ser bisexual fuese esa enfermedad diagnosticada de la que habla tanta gente. «No puedo ir a currar, me he despertado muy bisexual. O morreo a un caballero y a una caballera o me desmayo». He fantaseado con pedirme la baja por bollera, con decirle a mi médico de cabecera: «Se me ha agarrado en el pecho un ser invertida del que no remonto». Baja por bollodrama. Baja porque es primavera, Mercurio está retrógrado y necesito besarme con chicas guapas cuanto antes. Me gustaría poder decir «es que soy bisexual» como explicación a algo. Para zanjar una conversación que vaya perdiendo. Y que la gente me mire en silencio pensando: «Pobre, le dejo ganar, suficiente tiene con estar entre dos aceras». Fantaseo con eso.

Ser bisexual no me supone un conflicto, aunque cada x tiempo me pregunto a mí misma si sigo siéndolo y si en realidad no soy bollera. Pero es que me gustan los hombres. No todos, algunos. Me parecen guapos y me hacen gracia. Qué le hago. Peor sería ser heterosexual. Que tengo amigos y amigas que lo son. Pero qué aburrido, ¿no? Lo mismo todo el rato. Que lo respeto, pero no creo en la heterosexualidad. A ver, que alguna persona seguro que lo es. Pero no puede ser un porcentaje tan amplio. Y hablo desde el empirismo: siempre que he sacado este tema en una mesa con mujeres heterosexuales acaban confesando que se han besado o se han acostado con alguna mujer, o al menos les ha gustado. Y tienen curiosidad y a lo mejor se mueren sin saciar esa curiosidad. No entiendo torturarte así en vida. Me las imagino viejísimas, en el lecho de muerte, con sus relaciones de cien años con señores e intentando ligarse a la médica del hospital donde están a punto de palmar. Hazlo antes, tía. Yo las animo, me creo que quieran estar con un hombre, pero si tienes la curiosidad no te quedes con ella. Ahora, a mí no me uses. Agradecería que se regulase el tráfico de heteroperos. Una unidad de heteropero por bollera, no más. Si vienen dos, llamas a un teléfono gratuito, se la llevan como si fuese el gancho de *Toy Story* y se la reasignan a otra lesbiana que viva feliz y ajena a que va a llegar una chica a complicarle la vida.

Tampoco voy a hacerme la mártir. Mi parte de ego y de ganas de asomarme al abismo del caos siente atracción por las heteroperos. Esa gente confusa que te dice: «No me gustan las chicas, solo tú». Te parece un reto y te hincha el pecho ser la única. Y le enseñas un nuevo mundo en el que habláis de vuestros sentimientos, le practican sexo oral desde el conocimiento, compartís armario, sois amigas y novias... Un sueño que tú te acabas creyendo mientras te haces la chula y que acabas sufriendo cuando se van con un chico y te recuerdan que siempre habían dicho que eran heterosexuales. Y ahí piensas: mierda, me he pillado de una hetero. Pero que te quiten lo bailao.

Estar con mujeres me ha ayudado mucho en mi relación con los hombres. Todas mis experiencias sexuales con ellos hasta los veinticinco años han sido traumáticas, o al menos no para recordar. Fingir orgasmos, estar tensa para intentar agradar, hacer ver que sabes cómo hacer absolutamente todo lo que ocurre en ese colchón y, por supuesto, no preguntar nunca. Todo lo lejano a la comunicación. Acostarme con mujeres me abrió un mundo. Que a lo mejor luego hablamos demasiado y a veces con un «quiero que me empotres, por favor» es suficiente, pero yo nunca le había preguntado a nadie si le está gustando, si disfruta o qué prefiere. Ni me lo habían preguntado a mí.

Recuerdo la primera vez que abrí con mis amigas el melón de la penetración y acabamos confesándonos que no era nuestra cosa favorita, que estaba bien, pero que así solo no disfrutábamos. Llevaba desde mi primera vez callándome esto, culpándome por si lo estaba haciendo mal por no encontrar disfrute en aquello y resulta que muchas sentíamos lo mismo. Tampoco los culpo a ellos, porque yo ponía cara como de que me gustaba y gritaba unos chillidos dignos de gato atropellado queriendo simular placer, así que ellos se irían a su casa pensando que eran unos máquinas. Creo que a muchos les hundiría si les dijese que chillé con más placer cuando supe que Beth iría a Eurovisión que acostándome con ellos, pero ya son pasado. Tampoco hay que ir a hacer daño.

35
LOS CASCOS DE LA RENFE

Me gusta mucho hacer regalos. Muchas veces pienso regalos para personas especiales que luego no llego a darles porque me da vergüenza tener ese detalle, por si acaso esas personas luego se sienten con el compromiso de devolver otro igual. Porque, evidentemente, después de regalarles yo algo, mi cabeza se encargaría de decirme que si tenían un detalle conmigo lo estaban haciendo por obligación.

Había comprado la flor favorita de Jana: un crisantemo. Creo que me había dicho esa flor porque el nombre molaba, hay que saber mucho de plantas como para decir que el crisantemo es tu favorita. *Amélie* era su película favorita, así que le había comprado una libreta en cuya cubierta estaba el mapa de París. Y en ese mapa había redondeado los lugares en los que se había rodado la película. Me había planteado regalarle dos billetes para ir juntas a París y mentiría si dijera que no había hecho una búsqueda por internet para ver los precios. El hecho de llegar a fin de mes justa de dinero era lo único que podía frenar mi romanticismo, nunca mi sentido común.

No era su cumpleaños, pero hacía un año del día en el que nos conocimos y me apetecía tener un detalle con ella. No sabía si ella se acordaría y tendría algo para mí.

Hoy no me tocaba trabajar en el bar, pero había decidido que la iba a sorprender a la salida. Me la encontré bajando la persiana del establecimiento con un cigarro en la boca, llevaba el pelo recogido en un moño y aunque hubiese estado más de ocho horas trabajando la veía preciosa.

No supe descifrar su cara cuando me encontró frente a ella, pero podría afirmar que no era de alegría.

—Qué sorpresa, Pauli. ¿Qué haces aquí?

—Me apetecía verte.

—Ay, espera, que justo tenía una cosa para ti.

Jana volvió a subir la persiana del bar y se agachó para entrar. Sentía calor en el cuerpo, estaba nerviosa. Se había acordado. Volvió a aparecer al poco tiempo, sonriente, y sacó algo del bolsillo con dificultad.

—Te habías dejado en el bar tus cascos, seguro que los estabas buscando.

Estiró la mano frente a mí con unos cascos que tenían los cables enrollados. Los cogí y empecé a sentir pequeñas taquicardias por lo ridícula que estaba siendo en ese momento.

—Gracias... Yo te había traído esto.

Le acerqué la libreta y la flor con desdén, como si fuese algo que me acababa de encontrar en el fondo del bolsillo. Como si no llevase meses pensando en la idea de la libreta. Jana estaba muy sorprendida y, al ver la libreta, me miró ilusionada.

—¿Y esto por qué?

Bueno, pues era el momento de ser pardilla del todo.

—Porque hoy hace un año que te conocí.

Jana se quedó en silencio. Yo me quedé en silencio. Y solo se escuchaban mis tripas porque ese día no había comido más que un sándwich de pavo y empezaba a notarse.

—En la libreta he marcado los sitios en los que se rodó *Amélie.*

—Jolin, Pauli... Cómo eres.

Cómo soy. Yo también lo pensaba. ¿Cómo soy? Más tonta que una mierda. ¿Debería ser así? Tenía mis dudas. Yo había mirado blogs de cine que hablaban de *Amélie*, había recorrido tiendas para encontrar la libreta perfecta, le había dedicado varios días a pensar la dedicatoria de su interior... Y Jana me había guardado los cascos de la Renfe que reutilizaba porque se habían roto los míos.

Un ruido de un motor en funcionamiento rompió el hielo. Era Chayanne, con su moto de los cojones. Había venido a buscarla. Jana me miró con pena.

—Perdona, es que habíamos quedado hoy...

Jana se subió en la moto de Chayanne, que levantó la cabeza para saludarme. Y ahí me quedé mirando cómo se marchaban, con los cascos de la Renfe en la mano, que dejé caer al suelo en ese instante por aportar dramatismo.

Porque te pueden romper el corazón, pero siempre es un buen momento para montarte la escena de un videoclip.

36
RUPTURA DE NADA

Después de mi aniversario fallido con Jana estuve una semana evitándola en el bar. Se me habían juntado muchas cosas y necesitaba verlas con la poca perspectiva que me podía permitir eso de compartir curro con la chica que me gustaba.

Me habían llamado para empezar a trabajar como becaria en una editorial para la que había mandado hacía meses mi currículum y llevaba días posponiendo el momento de tomar una decisión.

Hacía dos años que trabajaba en ese bar, me llevaba bien con todos los trabajadores y me sentía parte de él. Era un lugar seguro para mí en el que no solo era una más, sino que hasta podría decir que era un personaje bastante principal si el bar fuese una ficción. Me gustaba ser un personaje principal. Jana también era un personaje principal, los trabajadores nos contaban sus problemas, los clientes habituales nos llamaban por nuestro nombre y hasta la dueña hacía lo que nosotras queríamos con el local. Nos compró la idea de cambiar el tradicional símbolo femenino y masculino de las puertas de los baños por una foto de Lorca y otra de Gloria Fuertes, nos dejó poner doble ración de kikos si los clientes lo pedían... Era nuestro lugar. Mío y de Jana. Irme de allí suponía dejar atrás muchas más cosas que un trabajo.

El Ministerio del Coño no paraba de decirme que tenía que dejarlo ya, incluso antes de recibir la oferta de trabajo, porque el bar me había absorbido. Es fácil acomodarse a algo que conoces y no querer saber qué hay más allá, pero aunque llevaba tiempo retrasando el momento de marchar algo en mí me decía que iba a ser pronto.

Llegué al bar y le pregunté a la jefa si tenía un momento para que le contase mi situación y, aunque me ofreció de primeras el puesto de encargada, entendió que yo ya tenía la decisión tomada. Le ofrecí quedarme el tiempo que necesitara hasta que encontrase reemplazo, pero me insistió en que se las apañarían sin mí. Fue una tarde muy especial, en la que me pude despedir poco a poco de los camareros, nos dijimos cosas bonitas y nos prometimos seguir viéndonos, aunque en el fondo sabíamos que sería complicado. Era como un último día de campamento, de promesas irreales y de revivir momentos felices. Jana entraba por la noche y el momento de la despedida se acercaba.

Entró por la puerta saludando a todo el mundo con un abrazo, como cada día, y antes de llegar a mí, ya le habían dicho que me iba.

—¿Cómo que te vas?

—Pues eso, que me voy.

—Joder, Pauli...

Se acercó a mí y me abrazó muy fuerte, y yo se lo correspondí mientras mentalmente intentaba pensar en cosas que me distrajeran para no empezar a llorar.

Entró en el almacén para dejar sus cosas y volvió a mi lado de la barra.

—Nos echamos un piti cuando cerremos, ¿vale?

Yo asentí e intenté concentrarme en el último día, valorando cada momento que estaba viviendo, conversando con cada cliente que había visto tantas veces y de los que ya me sabía de memoria su comanda.

Las horas pasaban, el bar se vaciaba y de nuevo estábamos Jana y yo apilando sillas en silencio. Cuando empecé a limpiar la mesa en la que nos acostamos por primera vez, ella se acercó a mí y me sonrió.

—¿Te acuerdas?

—Claro.

—Estuvo bien...

Estuvo bien. Si yo ese día quería ya casarme con ella, qué bochorno.

—Vamos a seguir viéndonos, ¿no?

—No lo sé.

Jana dejó de limpiar la mesa al momento y me miró seria.

—¿No lo sabes?

—Creo que no me viene bien.

—Yo pensaba que estabas bien.

—Es que yo pensaba que sí, pero luego me veo buscando por todas las tiendas de Madrid una libreta con el mapa de París y tú me devuelves los cascos que robé en la Renfe.

—Es que no soy muy de fechas, si hubiera sabido que era algo importante para ti...

—Jana, llevo un año intentando que te enamores de mí.

—A mí me gusta pasar tiempo contigo.

—Pero no vas a dejar a tu novio, lo he asumido.

—Pauli, para mí el sexo es muy importante.

Yo sabía que a partir de ahí lo que iba a escuchar no me iba a gustar, pero llegadas a este punto tenía que preguntarle.

—¿Qué quieres decir con eso?

—Que necesito una polla. Ya te lo he dicho varias veces.

Cuando lo escuché por primera vez salir de la boca de Jana, la entendí. Me gustaba tanto que le habría pedido perdón por no tener pene. Hasta la consolaba, me parecía perfecto que se liase con otros que tuvieran el pene que ella necesitaba. Mientras yo fuese la única mujer. Como si eso fuese garantía de algo, como si me fuese a querer algún día solo a mí. Y, sobre todo, como si me fuese a querer de la misma forma que yo a ella. Pero ya ni eso me resultaba suficiente, y por eso estaba convencida y tenía que marcharme.

—Me voy a ir. No me escribas, porfa. Si me quieres algo, no me escribas.

Giré sobre mí misma y salí del bar. Con la sensación de cerrar una etapa importante de mi vida, pero a la vez deseando que Jana gritara mi nombre, me dijera que me quería y nos besáramos bajo la luz medio fundida de aquel bar. Nada de eso ocurrió, habíamos roto sin ser nada y había sido la ruptura de nada más dura de mi vida.

TERCERA PARTE
LO DE SIEMPRE

37
LA MAÑANA SIGUIENTE

La noche después del encuentro de fiesta con Jana la pasé dando vueltas en la cama. Aquella mañana nos levantamos un poco raras. Abrí los ojos y me encontré con los de Clau mirándome inquieta.

—¿Qué pasó anoche, Pau?

No lo sabía ni yo. Aun así, se lo intenté contar. Claudia me había hecho sentir mucha seguridad en mí y Jana de alguna manera me hacía volver a tiempos en los que no tenía tanta. Ver a Jana había sido como pasar mucho tiempo en Suances; empezaba a estar inquieta porque me venían tantos recuerdos complicados que me hacían pensar que seguía siendo esa persona.

—No me gusta que ayer me dijeras que era una amiga tuya y hoy que estuvisteis un año juntas.

Claro, es que si lo dices así todo seguido a mí también me parecería mal. Pero cómo se explica que ella ya tenía novio, pero que a la vez estaba conmigo, y que era una actriz que cuando tenía problemas se ponía a hacer el saludo al sol y a cargar cuarzos con la luna.

—Nunca ha sido mi novia, por eso no te la mencioné, pero luego me di cuenta de que tenía que habértelo dicho y me dio vergüenza.

—Pau, pues sí, tenías que habérmelo dicho. Y si te ha hecho daño esta chica, enfrentarte a ella y decírselo. Que solo es una chica.

Que Claudia le quitase valor a mi preocupación me dolió, me hizo sentir pequeña y, de alguna manera, respondí con un ataque que no tenía que haber provocado.

—Para ti es muy fácil decirlo, siempre te ha ido bien en todo.

Nunca había visto la ira en los ojos de Claudia como en ese momento. Apretó las manos antes de hablar.

—¿Tú crees que solo te pasan cosas malas a ti, Paula?

—No quería decir eso...

—Tú crees que todo te pasa a ti, pero no tienes ni puta idea.

—Clau, tú eras la más guay del colegio.

—¿Pues sabes qué pasó al llegar al instituto? Que me pillaron besándome con una chica y me llenaban el pupitre de bollos. Era la bollera del instituto. Todo el mundo sufre en el instituto, no solo tú.

Su ataque me dolía por toda la rabia que había puesto en ese «tú», aunque a la vez entendía su dolor.

—Joder, lo siento mucho, Clau. Se me ha ido la olla, perdona. No he pensado lo que decía.

Clau no atendía a razones.

—Es que no puedo con este victimismo.

—No quería decir que solo yo lo haya pasado mal, tampoco sabía que tú lo habías vivido así.

Claudia cambió el tono a uno mucho más conciliador y dulce.

—Pau, yo no puedo hacer desaparecer a todas esas personas que te han hecho daño en el pasado, no puedo viajar al colegio y quererte y hacer que te quieran como merecías. Te prometo que nada me gustaría más en el mundo que haberte hecho el pasado más feliz, pero no puedo. Solo puedo contribuir a que tu futuro sí lo sea, si tú me dejas, y acolchar esos daños y acompañarte mientras cicatrizan esas heridas tan profundas. Pero no me ataques por no haber estado contigo, porque es muy injusto.

Tenía razón. En el fondo, le tenía rabia y envidia, porque siempre había sido lo que yo soñé ser. Me ponía un escalón por debajo de ella sin que nadie me hubiese situado ahí y esto es algo que hacía constantemente, pero de lo que no podía culpar a nadie más que a mí.

—Lo siento mucho, Clau.

Las dos nos abrazamos con lágrimas en los ojos. Abrazando también a las Clau y Pau que no encontraban su sitio de pequeñas. Porque siempre te puedes sentir fuera de lugar, pero lo importante es tener alguno al que sientas que perteneces. Yo pertenecía al sitio de Clau, y ella al mío.

38
TORTILLAS EN EL PUPITRE

—Bueno, me tienes que reconocer que lo de los bollos en el pupitre es buenísimo.

África esperó a que terminase de contarles la discusión con Claudia para hacernos reír.

—Supongo que meter tortillas en el pupitre era más difícil de gestionar.

Mi risa no fue tan escandalosa como las que le suelo dedicar a Afri y ella se dio cuenta al momento.

—¿Qué le pasa a mi bollerón?

—Estoy rara.

—¿Quieres hablar?

—Es que no sé qué me pasa.

Al acabar la frase noté cómo el agua se me agolpaba en los ojos y suspiré hondo.

—He sentido vergüenza al encontrarme a Jana.

Mi heteropero me había hecho revivir sensaciones

que creía tener enterradas. Como cuando vinieron Sara y África a Suances, y mi madre empezó a enseñarles fotos mías en un campeonato de ajedrez o disfrazada de entrenador Pokémon. El calor en mis mejillas subía conforme enseñaba cada imagen, porque me recordaba que seguía siendo eso por mucho que actuase de otra manera. Porque el pasado continúa impregnado en tu presente, por mucho que te esfuerces. Porque ahora tienes amigas, una novia que te quiere y un trabajo en el que eres bastante feliz, pero en el fondo recuerdas que no siempre fue así y, de alguna manera, el miedo a volver a sentirte como hace años sigue ahí.

Jana no tenía la culpa de haberme hecho tanto daño. Alguna sí, porque para ser capaz de interpretar a Lorca con una sensibilidad extrema, luego no le daba ni media vuelta a si la forma que tenía de actuar conmigo podría herirme. Pero yo en ningún momento fui capaz de decirle que me molestaba, y así es imposible que alguien pueda cambiar o entender qué ha hecho mal. Decidí proyectar en Jana una imagen que llevo años creando en mi mente, una mezcla de todos los personajes de los que he estado enamorada de adolescente, sumada a las ganas que tenía de vivir una historia de amor. Y es que amor, lo que se dice amor, no era. Pero sí había amor, yo sé que Jana me quería y eso a veces es hasta peor, porque pienso que podría haberse canalizado para moldearlo a mi gusto. Ese es un pensamiento en bucle que ocupaba mi cabeza y que no me hacía ningún bien, porque así es muy difícil seguir adelante. Por mucho que dejase de verla o de hablar con ella, una parte de mí de la que no estaba muy orgullosa pensaba en su interior que Jana podría cambiar y volver a por mí. Porque yo he visto cómo nos queríamos, yo sé que ella seguramente me habrá echado también de menos, pero igual podría convivir mejor con ello.

Llevaba años preparándome para encontrarme con Jana y ser la más chula del barrio y mostrarme indiferente con cualquier cosa que me contase y terminé preguntándole que por qué se casaba si ella no hacía eso. No es que sintiera dolor, es que sentía rabia. Era como una última estocada que recibía por su parte para recordarme que nunca fui suficiente para ella. Y aunque ya no estuviese en ese punto, porque de verdad que no lo estaba, me había removido más de lo esperado.

También había servido para acercarme más a Clau y contarle algo que debía haberle dicho y ver cómo reaccionaba a los problemas, enfrentándolos y llegando a un punto común. Claudia era un sueño y supongo que tenía que empezar a asumir que la guay del colegio era mi novia, pero que ya no estábamos en el colegio.

—¿Y ahora está todo bien con Clau?

—Sí.

Miró mi cerveza: había deshecho por completo la pegatina del botellín.

—Igual estoy un poco nerviosa.

39
BAJADA A TIERRA

Con la vida me pasa como con los videojuegos: cuando pienso en que voy ganando, empiezo a perder. Después de varias semanas en las nubes en las que solo hablaba a mis amigas de lo feliz que era y del encuentro con Jana y la conversación con Claudia, algo en mi interior había cambiado.

Me sentía mal por la discusión con Clau, había sido la primera vez que de alguna manera las dos nos enseñábamos nuestras heridas más profundas, pero me sentía mal sobre todo por la forma que había tenido ella de mostrarme las suyas. Casi por inercia y sobre todo por enfado, como reacción a mi forma de juzgarla.

Hoy tengo que entregar otra parte del libro del proyecto LGTB y ahora mismo me apetece todo menos ser LGTB.

Me siento culpable por no estar prestándole más atención al libro, que he ido resolviendo los días previos a cada entrega, bajo presión, sin el interés que merece.

Llevo dos horas sin mirar el móvil y tengo muchas ventanitas de mensajes. Veo que hay un 1 en la carpeta de «Archivados», donde guardo a personas de las que me daría susto encontrar su nombre en la pantalla de mi teléfono. Personas como un chico con el que me lie en una discoteca, a quien le di mi teléfono, pero con el que luego no quería quedar y acabé ignorando sus mensajes, muchos grupos de regalos de cumples en los que la gente sigue hablando, Jana y el grupo de antiguos alumnos de mi colegio.

Por mi cabeza cruza la idea de que podría ser Jana. Quizá comentando algo de la noche en la que nos vimos o que me echa de menos, dejándome en bandeja la oportunidad de decirle el «Pues yo a ti no» que llevo tiempo preparándome para soltar.

Vuelvo al trabajo sin abrir el mensaje. Soy resiliente. Sigo trabajando. El mensaje de Jana o de quien sea puede esperar.

Javi, el novio de una amiga, se ha encargado de hacer las ilustraciones del libro LGTB; un favor por ambas partes: él no cobraba mucho y yo lo recomendé a la editorial sin conocer su trabajo. Los dibujos están muy bien hechos, pero representan cosas que no eran lo que le habíamos pedido. Igual mi compañera, al pedirle unos dibujos «más gais», no fue muy precisa, pero lo que no esperaba es que fuesen tan explícitos. Los dibujos eran de dos hombres realizando posturas sexuales y mujeres practicando sexo oral entre ellas de una forma no muy elegante. No podíamos ilustrar la historia de un chico al que habían rechazado su pueblo y su familia por su condición sexual con dos monigotes haciendo el helicóptero. Igual era muy conservador por mi parte, pero no me parecía la mejor opción. Los libros se iban a enviar a las bibliotecas de los institutos para abrirles la mente y hacerles sentir parte de algo si no se encontraban en su lugar; no podían ser el *Kama-sutra.* El libro debería estar maquetado en un par de semanas y casi ningún dibujo sirve porque casi ningún personaje está vestido. Me empiezo a agobiar. En el Ministerio del Coño quieren quedar hoy y no paran de llegarme notificaciones. Suena el teléfono: es mi madre. Espero un poco por si me ha llamado sin querer porque se lo ha guardado desbloqueado en el bolsillo. Al ver que no cesa su llamada, descuelgo.

—Dime, mami.

—Paula, ¿cómo estás?

—Bien. ¿Cómo estás tú?

—Bien. Cuéntame algo, anda. Que llevo semanas sin hablar contigo, me gusta que me mandes mensajes, pero quiero escuchar tu voz también.

—¿Papá, bien?

—Bien también. ¿Qué estás haciendo? ¿Estás con Claudia?

Mis padres eran increíbles: sabía que mi madre preguntaba por Claudia para recordarme un día más que me apoyan con todo. De forma sutil, sin meterse mucho en mi vida, pero sin dejar pasar la oportunidad de reforzar la red que son para mí.

—Estoy trabajando, ma. Tengo que hacer una entrega en unos días.

—Vale, no te quiero molestar entonces.

Cuando estoy agobiada, la persona a la que peor trato es a la que más quiero. ¿Cómo puedo hacerle sentir a la madre que me parió el más mínimo sentimiento de que es un estorbo? Pues lo estoy haciendo. No lo puedo evitar. Me siento mal.

—No molestas, es que estoy agobiada.

—No te preocupes. Pero a ver si miras cuándo tienes unos días para venirte a casa.

—Lo haré.

—Vale, o dime otro día que te venga bien para llamarnos.

—Lo miro y te digo.

—Vale, cuídate. Te echo de menos.

En el momento de colgar el teléfono tuve que coger aire muy hondo. Tenía ganas de llorar con ese «Te echo de menos».

Hoy ya no voy a seguir trabajando. Me voy a tomar cervezas con el Ministerio, mañana estaré más inspirada. La culpa hoy tiene mucho trabajo en mi cabeza entre mi madre y la procrastinación del trabajo. Me meto en la aplicación para ver todos los mensajes que tengo acumulados y, después de responder a mis amigas que me voy a juntar con ellas y que me pidan una cerveza, que la necesito, pulso en la carpeta de «Archivados». Pero no era Jana, era el grupo de antiguos alumnos del instituto.

Generación del 91
Andrés
Chavales, cenita de Navidad
el 3 de diciembre.

Igual necesito más de una cerveza.

40
LA PARED SALVADORA DE LA HISTORIA

A veces pienso que Sara y África llevan conmigo toda la vida, pero no es así. Cuando dejé mi pueblo para irme a la universidad en Madrid, las amistades que conservaba allí se fueron diluyendo. Tú naces en un sitio y, en función de la proximidad de tu casa, te asignan un centro escolar; no te preguntan tus gustos ni tus aspiraciones, solo te juntan con gente que vive cerca de ti. A lo mejor no encajas con nadie y solo tienes en común que vivís próximos al instituto. Yo tuve un grupo de amigos en el instituto, como todo el mundo. Ese grupo fue cambiando a lo largo de los años y me fui amoldando a lo que me había tocado, dejando salir partes de mí cuando lo consideraba necesario, pero sin saber siquiera que lo estaba haciendo. Con doce años no conoces más formas de vivir y entiendes que esa es la única: adaptarse. Todos eran de ciencias, querían estudiar Medicina e Ingeniería y yo quería estudiar letras y me gustaba la fotografía. Los profesores, y mis propios compañeros, me intentaron animar a estudiar ciencias, hasta que me vieron comprobando con la calculadora cuánto era 7 + 6. Ahí pararon un poquito. Ser de ciencias era de listos y de guais, y las letras eran para todas aquellas personas a las que la cabeza no nos daba para más.

En la ciencia no cabía la creatividad, pero en mi instituto esta solo se valoraba como virtud cuando te encargabas de organizar los disfraces de tu clase el día de carnavales. En carnavales se notaba la ausencia de creatividad, que, unido a la timidez de muchas personas, acababa llevando a que tomaran el poder las más lideresas, pero no por ello más originales. Un año fuimos disfrazados de nuestros profesores, una idea que en nuestra cabeza podía estar bien, pero que al ponerla en práctica te dabas cuenta de que, como ninguno tenía rasgos muy característicos, al final solo éramos un grupo de niños con ropa de nuestros padres y barba pintada. Yo fui de uno de los profesores hombres, mi abuelo me había dejado un traje de chaqueta y me lo había tenido que remangar por todas las extremidades; me sentía bien y guapa con eso hasta que alguna compañera hizo un comentario: «Pareces un señor». La gente rio y yo transité ese día deseando que terminase, aunque, a fin de cuentas, parecer un señor era en lo que consistía mi disfraz. Otro año decidieron que fuéramos de vagabundos, como si la pobreza fuese un disfraz que se compra en el Imaginarium. El día que repartieron los papeles yo estaba enferma y cuando volví a clase no quedaba ninguno. Podía haber ido de vagabunda, como iban muchos, pero decidieron que me encajaba más el papel pintado, de pared. Pared. Mira que en Disney hay objetos inanimados a los que dan personalidad y que molan mucho, pero si no se les ha ocurrido hacer una pared animada que es la salvadora de la historia será por algo. No salgo en ninguna de las fotos de aquel año porque estaba detrás de un palé, sujetándolo.

En el instituto también pensaba que todos éramos heterosexuales, porque en esa edad solo algunos privilegiados conocen ya su sexualidad y porque ser hetero es la norma, por lo tanto se supone que lo somos todos. Sobre todo cuando tu forma de vivir es adaptarte y encajar, pasar desapercibida. Con el paso del tiempo, ya no somos tan heteros. Desde la pija que se reía a la espalda de la bollera de la clase, que en unas fiestas del pueblo me intentó besar alegando que estaba muy borracha, hasta el tío que se ligaba a todas y quería ser militar por seguir la tradición familiar, y que ahora tiene un hijo con su marido. Adoptado, no comprado. Un alivio.

En muchos momentos pienso cómo sería yo si hubiese crecido en otro instituto, con menos prejuicios y más sensibilidad para leer las inquietudes de los alumnos. No les guardo rencor a mis profesores, supongo que hacían lo que podían y tampoco será sencillo atender a tantos adolescentes con las hormonas desbordadas que solo quieren que suene el timbre y salir de esas cuatro paredes pintadas de colores desmotivadores para llegar a su casa y comer viendo *Los Simpson* sin hablar demasiado con su familia. Tampoco les tengo cariño. Me gustaría saber qué pensarían si supieran cómo han colaborado a que ya solo escuchar la palabra «instituto» me eleve las pulsaciones. No sé si les importaría, como no les importó cuando mis padres fueron al centro escolar a decirles que estaban haciéndole el vacío a su hija, que llegaba todos los días a casa llorando. Siempre lo redujeron a cosas de críos y nunca tuve la sensación de que les importaba cómo me sentía. No olvido las sonrisas con las que me recibían, las palmadas en la espalda para transmitirme que «ya pasó» o las miradas para intentar decir que había que tener cuidado conmigo porque era «demasiado sensible». Me decían que esto era la vida, que me iba a tener que acostumbrar, y en todo lo que he vivido hasta ahora no recuerdo nada más duro que ir todos los días a un lugar en el que no se me quería y me trataban mal. Porque no entendía qué había hecho tan mal allí para que mi familia me quisiera y mis compañeros del instituto no.

No he vuelto a mi instituto, me da ansiedad. Cuando tuve que ir a recoger el título de bachillerato entré corriendo para pasar el menor tiempo posible allí, como si de aquella manera pudiese escapar del desdén que se respiraba en ese ambiente de sueños apagados. Como los malos esos de Harry Potter que te absorben y te llevan a la oscuridad. Mi instituto era un dementor. Aun así, he conseguido tener buenos recuerdos allí, pero siento que es así porque me esforcé en tenerlos. Que aunque dedicase las clases a escribir en mi libreta sobre cosas que se me pasaban por la cabeza, a escribir poemas cursis que ahora me avergüenza leer o a tachar los días que me quedaban en aquel centro, disfrutaba parte del tiempo, me reía, me comía una napolitana de chocolate en la cafetería y pasaba buenos momentos con mi grupo de amigos, aunque hubiese momentos en que se dedicaran a criticarme a las espaldas.

Ver a todos aquellos compañeros que contribuyeron a hacerme sentir así me supone una angustia en el pecho a la que no me puedo enfrentar. Seré blanda, o niñata. Pero no quiero perder la tranquilidad que el tiempo me ha dado.

Yo no puedo ir, chicos.
Pasadlo bien!

No voy a ir a la reunión de antiguos alumnos.

41
UNA CERVEZA LO ARREGLA TODO

—Si a mí me parece bien que no vayas, amiga. Pero yo iría y con tu parienta, para chulear. Que les den por culo.

Clau y Sara se ríen con las tonterías de África.

—No seas bruta... —Clau me empieza a dar besos por toda la cara.

—Solo digo que esta gente es mierda seca, que te han hecho sentir mal hace veinte años, pero que tú ya no eres la Paula de entonces. Eres una tía fuerte, independiente, con tu curro, tu novia y tu vida idílica. Te va de puta madre. Ellos se han quedado en el pueblo y, además, seguro que están feísimos y gordos.

—Eso es gordofóbico, Afri. Estar gordo no está mal.

Sara quería buscar la calma.

—Pues seguro que les faltan piezas dentales, ¿Eso se puede decir? ¿Ofende?

Sara se quedó en silencio sin saber muy bien qué responder.

—Si yo entiendo a Afri, ahora tu alma está en otro punto, Pau. Lejos de sus almas negras, tu luz es muy pura y no te la van a apagar.

—No te la van a apagar porque son feos y desdentados. Ni puto caso, Pau. Estás por encima de todos ellos.

—No quiero ir.

Empezamos a fantasear sobre qué plan podíamos hacer el día de la cena que me hiciese olvidar que la estaban celebrando. Pensamos hasta en ir a un paintball porque la imagen de Sara intentando disparar pintura nos daba mucha risa, o a un sitio de estos de camas elásticas que tienen velcro por todas partes y te puedes pegar a la pared. Me había animado el plan de trazar un «contraplan» y hacer algo que no hubiésemos hecho nunca. Clau estaba callada.

—Yo no podré acompañaros porque estaré con mi madre en Suances, tengo la cena del colegio...

Por el contrario, Clau era la organizadora de esos eventos que a mí tanto me agobiaban, la que llamaba para reservar el sitio e incluso cada año preparaba sorpresas, se inventaba una temática... Llegó a conseguir incluso que fuese King África a cantar en medio de una de las cenas. Clau seguía siendo la guay. Igual pensaba que mi agobio con la cena de antiguos alumnos era una tontería y, mientras caminábamos hacia el metro en silencio después de despedirnos de las chicas, no se me quitaba ese pensamiento de la cabeza.

—¿Quieres que me quede contigo y no vaya a la cena, Pau?

¿Quiero eso? Hay una parte de mí que siente envidia y no me gusta que salga. Una parte de mí a la que le da rabia que a ella la estén esperando y la celebren tanto. Se me ocurren mil respuestas irónicas que darían pie a una discusión que no tendría ningún sentido. Intento que no se me note que no estoy molesta, pero sí un poco herida, porque estoy blanda, aunque sé que no es culpa suya.

—No, no. Tú en la cena y yo aquí. Está bien.

Tú con tus amigos y yo saltando en camas elásticas con mis amigas. Me parece genial. No me molesta nada. Estoy perfectamente.

42
POETA ATORMENTADA

A veces me gusta ir a cafeterías del centro de Madrid para escribir. Me llevo mi libreta de páginas blancas, cogida de mi montón de libretas de páginas blancas, porque una vez leí una entrevista a una escritora en la que decía que las utilizaba de ese tipo y decidí que yo también las empezaría a usar. La libreta de páginas blancas es muy de escritora, las que tienen líneas para que no te tuerzas escribiendo no tienen en cuenta la libertad que te da la creatividad.

Es verdad que, por muy creativa que sea, tengo menos libretas escritas que por escribir. Compro muchas libretas, en un día he podido llegar a comprar cinco porque todas me parecían muy bonitas y en mi cabeza ya les había dado un uso: esta libreta para los poemas, esta para planificarme la semana, esta otra para mis pensamientos del día a día... Decenas de propósitos para inmortalizar en esas páginas que terminan en muchas libretas que comienzo a escribir y nunca acabo.

De pequeña nunca tuve un diario. Empecé muchos, pero nunca le encontré la utilidad. Yo le contaba mis movidas a la libreta, como si fueran cartas, pero nunca respondía. Y para eso ya estaban los chicos de mi clase. Tampoco había necesidad de que me rechazaran unos folios unidos por un hilo con una portada llena de estrellas con purpurina.

Es verdad que escribir me hacía sentir bien, pero a veces también me gustaba interpretar que era escritora. Desde mi llegada a Madrid comencé esta tradición de sentarme en una cafetería a escribir. Me pedía un café y echaba horas, a veces hasta tomaba un vino tinto para hacerme la poeta atormentada. Miraba a la gente por la ventana, para que pensaran que yo me preguntaba en qué podían estar pensando ellos, pero en realidad solo me cuestionaba si tenía dinero para pedirme otra copa más.

Sentía que estaba de guardia en la cafetería, por si algún apuesto caballero o una bella doncella me dejaban su número escrito en una servilleta, teníamos una cita, nos enamorábamos y éramos felices para siempre. Pero lo único que recibí de la servilleta fue «Gracias, puta» después de hacerle varios pliegues.

Me pregunto si la gente que va a escribir a las cafeterías también finge que escribe. No sé si alguien me mira pensando que soy una persona misteriosa, pero a mí me gusta creer que sí.

Estar enamorada me hace escribir como un pepino, como dijo aquella presentadora en un informativo. Había llenado más de una libreta con poemas para Clau en todo este tiempo juntas. Podía escribir un poema solo describiendo lo que siento cuando el sol le da en la cara: se me ocurrían mil imágenes, mil metáforas, mil sinónimos de todas las cosas que me pasaban por la cabeza cuando pensaba en Claudia. La realidad es que llevaba un tiempo en el que todo lo que escribía me parecía una mierda.

Mi libreta de páginas blancas estaba llena de palabras tachadas. Todo me parecía malo, no se me ocurrían temas de los que hablar y no me concentraba. Abro el móvil por inercia, rompiendo por completo mi ritual de poeta atormentada, me meto en Instagram y veo fotos sin fijarme mucho en ellas. La gente hace cosas todo el rato. Abro la cámara. Tengo que retratar mi libreta y el café al lado. Muevo la taza. Quito el sobre del azúcar porque no lo veo en armonía con el resto de elementos. No tenía que haber probado el café, ahora está deshecho el filo de espuma que cubre la taza. Utilizo el filtro que hace las fotos con efecto de cámara analógica. Es decir, con peor calidad que el móvil. Pongo un emoticono de un corazón blanco. No significa nada. ¿Significa que me gusta escribir? Tendría sentido. Lo pongo blanco porque he visto que lo pone mucha gente. Es un corazón metafórico, si fuera de verdad blanco supongo que estaría congelado. Me gusta pensar que es el corazón que utiliza Pastora Soler en la intimidad. Lo publico. Dejo el móvil. Sujeto el bolígrafo entre los dedos. Me acuerdo de aquellos bolis que usaba en el instituto que venían con goma para borrar, no sé si seguirán de moda. En mi época era bastante de persona guay tener un boli con goma. Me vibra el teléfono. Mi madre me ha enviado un whatsapp.

AAMamá
Como tienes la semana para
hablar con calma? Besos

Entro en Instagram para ver cuánta gente ha visto mi historia. Ya son cincuenta personas. Deslizo el dedo para ver quiénes. Tengo una respuesta de África.

África @Afrika90
Deja de posturear, payasa

Le respondo con carcajadas aunque solamente he sonreído al leerla. Bloqueo el móvil y lo pongo boca abajo en la mesa. Vuelvo a la libreta. Pienso en un concepto. Visualizo a Claudia y no siento las mismas punzadas en el estómago que notaba cuando pensaba en ella; ahora las siento en el pecho. Respiro hondo. El móvil vibra. Le doy la vuelta. En el grupo del trabajo no paran de hablar. Lo vuelvo a poner boca abajo. Empiezo a dibujar una estrella en la libreta sin levantar el boli. Repito la técnica veinte veces más hasta que siento que todos los lados tienen un tamaño simétrico. El móvil vibra, es Clau.

Amor, me están preguntando tus
amigas qué quieres por tu
cumple
Qué les digo?

Quiero inspiración, supongo que no será fácil de encontrar en grandes almacenes, así que unas zapas de esas de cuadritos blancos y negros, que se han vuelto a poner de moda.

43
SHY LIVES MATTER

No gestiono nada bien el día de mi cumpleaños. Actúo raro, como si fuera cómplice de una cámara oculta. No me gusta ser la protagonista, abro los regalos con miedo de que no me gusten, se me note en la cara y la otra persona sienta decepción por no haber acertado. Rompo el papel con cuidado, para que me dé tiempo a intuir qué hay en el paquete, procesarlo y así preparar la reacción que pueda tener. Deseo tener rayos X para poder ver a través del papel y tener más segundos para fingir que este pack de neceser con peine, espejito y pinzas de depilar es exactamente lo que estaba deseando. Los regalos me entristecen un poco, sobre todo cuando me regalan algo que no tiene nada que ver conmigo y que veo que para la otra persona tampoco tiene ningún valor. De estos que sientes que han buscado «Regalo» en Google y han comprado lo primero que les ha salido.

Y no es que deje de sentirme agradecida porque me regalen algo, pero mi cabeza no entiende que si quieres a esa persona no se te ocurra qué le puedes regalar. Porque hacer un regalo por compromiso me parece de las cosas más tristes que te pueden ocurrir. No voy a negar que más de una vez se me ha cruzado el pensamiento de si mis regalos me los han hecho por compromiso o porque me quieren. Mi psicóloga me dice que deje de cuestionarme todo. Yo le pregunto que por qué. Ella pone los ojos en blanco y consigue que me centre cuando me pregunta si quiero hablar de mi adolescencia. Nada me apetece menos.

Tampoco es que me apasione que me canten el «Cumpleaños feliz». Creo que el «Cumpleaños feliz» es la mayor muestra de la falta de comunicación que existe en la sociedad, porque todavía nadie se ha atrevido a verbalizar en algún acto importante que no sabe qué hacer cuando se lo cantan. Seguro que mucha más gente saldría a decir que no le gusta. Como una especie de club de los poetas muertos, pero de gente vergonzosa. Todos los partidos políticos se juntarían en un pleno y se votaría la eliminación del cantar «Cumpleaños feliz», habría gente con pancartas en la puerta del Congreso, negacionistas de la timidez, que no estarán nada a favor del cambio y que recuerdan que antes era mejor, porque se cantaba el «Cumpleaños feliz» y hasta el «Porque es una chica excelente». Pero nadie se sienta a hablar seriamente de que se pasa mucha vergüenza cuando te cantan el «Cumpleaños feliz» y que da igual que no te lo cante la gente y te pongan la canción de Parchís: la vergüenza es la misma. Junto a los negacionistas de la timidez, en la puerta, también estarían una agrupación de gente con pancartas como SHY LIVES MATTER, que solo llevarían pancartas y no gritarían nada porque les da vergüenza que les miren. Esa rama de *influencers* que influencian sin tener un oficio preguntarían a su audiencia si prefieren que les canten el «Cumpleaños feliz» o no, para generar *engagement* en sus cuentas de contenido lifestyle. Algunos cantantes con ideas rancias escribirían en sus cuentas que la culpa es del Gobierno y se grabarían cantando una versión a piano con mucho sentimiento de «Cumpleaños feliz». Algunos perfiles de famosos aprovecharían para recordarte que puedes ser feliz en tu cumpleaños o no, pero que no debería ser una imposición social el serlo. Que si querías estar triste, que lo estuvieras. Tenías todo el derecho. Otra gente diría que prefiere celebrar su santo que su cumpleaños. Que por qué no se canta «Santo feliz» en vez de «Cumpleaños feliz». Que cantar «Cumpleaños feliz» en las escuelas era una forma de adoctrinar a las nuevas generaciones, que tenían derecho a elegir si querían ser felices en su cumpleaños o no.

Subo el volumen de la música en mi airpod izquierdo para pensar un poco menos y camino por la calle intentando sincronizar mis pasos con el sonido del bombo de la canción. Disminuyo la velocidad para poder encajarlos. Me pregunto qué me regalarán. Supongo que unos airpods nuevos, llevo casi un año escuchando música solamente con un oído. Tampoco lo quiero pensar mucho por si al final no me los regalan. Si no es así, he decidido que me los compraré yo. Me miro en la cámara frontal del móvil con disimulo y me pongo a practicar la cara que poner mientras digo que no me esperaba para nada ese regalo.

Hoy he citado a mis amigas en el bar de siempre, el camarero John, que ya me había confiado su teléfono, me ha reservado la mesa de siempre y vamos a juntarnos para brindar por mi cumpleaños. Clau me ha dicho que posiblemente su madre se pasaría en algún momento para saludarme. A mí me parecía que no era el día para conocer a una suegra porque ya tenía suficientes emociones, pero en vez de decírselo solté con un hilo de voz: «Qué guay». Igual mi suegra me regala los airpods. O igual un bebé para darle el biberón. En cualquiera de los casos estoy tranquila: tengo la cara ensayada.

44
TAMAGOTCHI

Al entrar al bar, mis amigas gritaron al unísono «¡Felicidades!» mientras me abrazaban. África me hizo su broma de siempre de tirarme de las orejas por cada año cumplido hasta dejármelas rojas.

Han venido amigas de la universidad y algunas compañeras del bar, y me gusta observar la escena desde fuera y ver a todas interactuar entre ellas sin que me presten mucha atención. Aunque nos estamos haciendo fotos con el móvil, sigo mirándolas y fijándome en cada detalle para retenerlo en mi cabeza y recurrir a este momento en días malos.

La madre de Clau es muy cariñosa conmigo, me abraza un montón y se ríe de las anécdotas que África y Sara le cuentan. Son muy generosas maquillando las partes en las que hago en ridículo porque son las mejores amigas que una podía tener.

La madre de Clau se mudó hace unos años a Madrid para estar más cerca de ella: la tuvo a los veinte años y sigue siendo joven. Es muy guapa, como Clau, y abre mucho los ojos, igual que ella, cuando le estás contando algo, como si así percibieras mejor que tiene toda la atención puesta en ti. Te toca la mano cuando te habla, para conectar contigo. Se llama Mercedes, pero le gusta que la llamen Merce, no Merche, porque le hacían muchas bromas con la cantante. África ha necesitado dos cervezas para arrancarse a cantarle canciones de Merche y Merce lo recibe con risas, como si fuera una más del grupo. Sigo haciendo fotos mentales de todo lo que está pasando, porque dentro de mí vuelvo a sentir pinchazos de los buenos, de los de sentir tanto que me sobrepasa.

Llegó el momento de los regalos y de gestionar de nuevo ser el foco de atención durante otro rato más. Mis amigas me regalan un vibrador del tamaño del brazo de un adulto porque sabían que esto, delante de mi suegra, me daría mucha vergüenza y escondo la cara en el cuello de Clau. Merce me regala unos airpods nuevos, y verle la ilusión en la cara cuando abrí el envoltorio hizo que no me costara mucho fingir sorpresa. El regalo de Clau me intrigaba más. No me había dado ninguna pista y era la primera vez que nos regalábamos algo por una fecha concreta. A mí me venían a la mente muchas ideas de regalos para ella, pero no sabía si a Clau le pasaría lo mismo. Empecé a desenvolverlo, quitando el papel con cuidado de no romperlo. En mi familia teníamos la tradición de reutilizarlo hasta el punto de que conservamos papel de regalo de Continente.

—Es mi amiga, pero me pone de los putos nervios. Ábrelo ya, ¡coño! —gritó África.

Bajo el papel había una caja de cartón que había sido claramente reutilizada, quité la cinta que la cerraba y en su interior, entre plástico de burbujas, había un Tamagotchi. Mi cara esta vez sí fue de sorpresa espontánea. Me había pasado toda la infancia deseando tener uno y nunca me lo habían regalado, y en algún momento se lo habría comentado a Clau, que me estaba mirando con una sonrisa enorme.

—Feliz cumpleaños, mi amor.

Me lancé a sus brazos y la empecé a besar por toda la cara. Estaba tan agradecida y tan emocionada que no sabía ni qué decir.

—¿Te gusta?

—Me encanta.

Ya para sobrepasarme de emociones, habían preparado un vídeo recopilando felicitaciones de todas las personas importantes de mi vida: mi familia, mis amigas y mis compañeras. Todas con palabras bonitas hacia mí y algunas justificando su ausencia en el encuentro de hoy. Llegamos a mi amiga Cintia, que, después de felicitarme, se disculpaba por no haber podido asistir al cumpleaños y señalaba la tripa de Nuria, su mujer. Estaba embarazada. Me emocioné al verlas, pero al poco rato mi pensamiento fue de despedida. Nuestra relación ya no iba a ser la misma, era una realidad. No haríamos los mismos planes ni nos veríamos tanto, y nuestras prioridades cambiarían. Me alegraba mucho por ellas y deseaba vivir el crecimiento de su hijo a su lado, pero ya no iba a ser lo mismo.

Al terminar el vídeo, el tema central de la conversación eran Nuria y Cintia, a las que yo no dejaba de recordar sujetándose el pelo para vomitar entre dos coches al salir de la discoteca cuando estábamos en la universidad.

—Yo soy tan despistada que si tuviese un chiquillo seguro que se me olvida en algún sitio. Imagínate el drama que sería dejarlo en un probador del Bershka.

—Qué exagerada eres, Afri, a mí sí que me gustaría ser madre. Y cuidarlo entre toda mi tribu. Ya cuido bastantes niños que no son míos, de alguna manera ya soy un poco madre —dijo Sara emocionada.

—¿Y lo llamarás Mowgli? —respondió África sarcástica.

Yo sabía que Afri no estaba siendo sincera, pero siempre le costaba mucho abrirse y compartir sus sentimientos. Hacía bromas constantemente y a veces, entre bromas, percibíamos la realidad. Y también cuando bebía: ahí dejaba ver un poco su vulnerabilidad. Sabía que no le importaría ser madre, pero le daba miedo verbalizarlo, porque sería duro explicarle a su hijo por qué no podía conocer a sus abuelos. No quería agitar el avispero ni verse en la situación de tener que hablar de nuevo con sus padres. A la vez, ansiaba tener su propia familia y ser la mejor madre del mundo para compensar lo que no había hecho la suya.

No es fácil asumir que tu familia, que se supone que debía estar a tu lado para siempre, ya no está para ti. Ella lo ve desde lo racional: su familia no puede ser de la forma que ella desea y por eso no se habla con ellos. No hay una alternativa posible mejor a la situación que tiene y por eso vive en paz, pero eso no quita que tenga momentos en los que no se sienta tan fuerte.

—A nosotras no nos importaría ser madres, ¿no, Pau?

Claudia me observaba cómplice ante la mirada inquisitiva de África y Sara, que sostenían un tercio de cerveza en el aire con la sonrisa congelada, sabiendo que mi respuesta quizá no sería la que se esperaba.

—Claro.

Soy una cagada. Mis amigas me miraron intentando disimular la sorpresa, con menos esfuerzo del que había puesto yo al abrir el paquete de los airpods.

—Ah, ¿sí?

África me miró desafiante, la hija de puta.

—Sí.

¿Sí?

45
UNA RADIO EN FM Y OTRA EN AM

De las cosas más inexplicables de la vida para mí es cuando una amistad se acaba. Y se acaba sin un motivo concreto, como que de repente dejáis de vibrar en la misma frecuencia y no entiendes nada. De pronto eres una radio en FM y la otra persona está en AM y no hay manera de llegar a un punto común. Es como una relación de pareja, pero mucho más doloroso, porque te pilla de sorpresa. Presuponías que esto iba a ser para siempre.

Te entiendes perfectamente y de repente ya no. Y no ha pasado nada concreto, simplemente que no sois las mismas personas que antes.

Dani y yo éramos inseparables. Nos conocimos estudiando la carrera, me enseñó a fumar sin toser y me descubrió las mejores facultades en las que hacer pellas. Teníamos apellidos de letras cercanas y nos sentaron al lado el primer día. Antes de terminar la primera clase ya me había dicho qué chicos le gustaban y quiénes creía que eran gais. A mí me rondaba la cabeza el tema de la bisexualidad, aunque cuando Dani me preguntó si lo era, me faltó tiempo para negarlo. Recuerdo que cuando asumí mi bisexualidad se lo dije como quien anuncia que tiene una enfermedad terminal. Yo pensé que él creería que yo decía que era bisexual para hacerme la guay o para integrarme y, en lugar de eso, me dio un abrazo muy fuerte y se nos saltaron las lágrimas a ambos. No recuerdo muy bien esa época porque salíamos mucho.

Vivimos una época muy divertida de salir mano a mano e intentar buscarnos ligues, en la que empalmábamos una resaca con otra, faltábamos mucho a clase y follábamos un montón. Bueno, yo no mucho. Sobre todo lo hacía él, a mí me costaba un poquito quitarme la culpa al día siguiente y por eso a veces prefería darme unos besos y volverme a casa sola sabiendo que viviría la resaca tranquila y sin remordimientos.

La culpa es una de mis compañías más habituales y se manifiesta cuando quiere, aunque estoy trabajando lo de tenerla a raya. Acostarme con mujeres me ha ayudado a despojarme de la culpa, a aprender a vivir mi sexualidad de forma libre y sin autocensura. Con los hombres seguía reviviendo la época del instituto, en la que follar era de guarras y, curiosamente, el tiempo me ha hecho descubrir que nada me gusta más que ser una guarra cuando me acuesto con alguien. A casi todas mis amigas les ocurre lo mismo. Pero ¿cómo nos han tenido tan engañadas tanto tiempo?

Me enfada mucho pensar en la cantidad de polvos fallidos en los que he actuado como un muñeco sin personalidad por miedo a que creyeran que estaba disfrutando de vivir mi sexualidad. Uno de mis pensamientos recurrentes es si ellos también sentirán culpa, si el día después de decirnos frases como «¿Quieres que me corra en tu boca?» se despertarán con ansiedad y se acostarán en posición fetal con miedo a que lo contemos a nuestro entorno. ¿El hombre blanco heterosexual siente culpa? No tengo respuesta. ¿Chenoa debería haber sido la tercera finalista en *OT1*? Sí, aquí sí tengo respuesta.

Dani no sentía tanta culpa. Cada fin de semana se acostaba con un chico o con más; con la gran mayoría ni siquiera se daban los teléfonos o no se interesaban por volver a quedar, pero yo no veía a Dani sentirse mal. Un día de fiesta noté un gesto de pasividad en él mientras se enrollaba con un chico y su pareja de aquella noche y me quedé preocupada hasta que le pude preguntar a mi amigo si le ocurría algo.

—Me sentía mal por no querer liarme con ellos —me respondió.

Dani sentía culpa si no correspondía a lo que se esperaba de él. Esa noche tuvimos una conversación muy intensa en la que nos intentamos liberar mutuamente de la culpa mientras nos decíamos que nos queríamos mucho sin vocalizar demasiado bien y nos invitábamos a chupitos para no dejar de brindar por nuestra amistad. Desde aquel día noté un cambio en Dani: se iba más veces solo a casa y no se sentía mal por ello. Tuvo hasta novios a los que nunca fue infiel y con los que vivía un simulacro de vida de casado desde la primera semana porque se iban a vivir juntos. Él siempre bromeaba con que era muy lesbiana para las relaciones y no le faltaba razón; Dani siempre me hacía el chiste de que lo que se llevaban las lesbianas a las primeras citas era una maleta.

En los últimos años, Dani conoció a un chico maravilloso y hasta se casaron. Lloré en su boda lo más grande y bebí como si me lo fueran a prohibir. Hasta me di besos con una prima segunda del novio.

La ausencia de Dani en mi vida era cada vez más palpable y la mía en la suya también. Entre semana yo trabajaba, los fines de semana hacía planes con el Ministerio del Coño y salía de fiesta. Dani ya no quería salir ni le apetecían los mismos planes que hacíamos antes: ni el cine ni el teatro. Ni tampoco bebernos siete cervezas entre semana asumiendo que el día siguiente iba a ser duro. No le apetecía, estaba en otra.

A mí me hizo cuestionarme mucho si estaba siendo inmadura, si debería estar en otra etapa de mi vida, compartir con alguien, viajar más, comprarme un piso, tener un hijo... Me pregunté muchas cosas porque Dani las había preguntado y había tomado decisiones. Me sorprendía que África y Sara no tuvieran esas dudas o al menos no aparentasen indecisión.

No es que mi vida sea igual ahora que hace quince años, han cambiado muchas cosas. Sigo saliendo de fiesta, pero no de la misma manera que hace quince años. También he tenido etapas en las que no me apetecía salir tanto de fiesta ni socializar, pero luego me ha vuelto a apetecer. Me gusta mucho estar con mis amigas, reírme con ellas, tomar unas cervezas y salir a bailar. ¿Eso significa inmadurez? ¿Me estoy quedando atrás? Es verdad que si de repente África y Sara encontrasen pareja yo tendría que buscarme gente para quedar y hacer planes. Me planteo boicotear sus futuras relaciones para que seamos siempre las tres felices y sin nadie que nos separe. A la vez, sé que Dani y yo no nos vemos tanto porque él ha cambiado y sería injusto culpar a su pareja. Yo también tengo pareja ahora y no he dejado de ver a mis amigas, para mí es una prioridad seguir pasando tiempo con ellas. A lo mejor es inmaduro.

A Dani le hace feliz pensar en un matrimonio con varios hijos y un chalet en el campo en el que hacer barbacoas todos los fines de semana. A mí pensar en algo tan permanente y tan rutinario me da un miedo atroz. Yo sería feliz el primer mes con las barbacoas, pero al quinto domingo comprando chuletas en el supermercado sé que desearía huir. No sé si algún día querré eso. Siempre lo mismo me resulta aburridísimo. Me gusta ir a ver a Dani y a su marido a su casa en el campo un día, un rato, pero sé que si fuese más a menudo acabaría pensando «Qué aburrido» y no quiero pensar eso de una de las personas que más quiero.

Yo sé que él me ve igual. No sé si le pareceré aburrida, pero estoy segura de que piensa en mí desde la condescendencia. Creerá que lo que he tenido hasta ahora es así porque no hay otra cosa disponible y que yo también querré en un futuro el matrimonio y los cinco hijos. Le dará pena que yo siga bebiendo entre semana, saliendo de fiesta y no teniendo toda mi vida planeada. Cuando quedo con él y le cuento mis batallas de fiesta o en el trabajo, se ríe conmigo y sé que disfruta de verdad de las cosas que le cuento, pero no dudo que en cuanto abandono su casa, habla de mí en la cama con su marido y usan términos como «pobrecita». Sé que piensa que desde que estoy con Clau he sentado la cabeza, como si compartir tu vida con una persona significase estabilidad. Yo, desde que me reencontré con Clau, no he dejado de pensar en mi futuro con ella a mi lado, pero a la vez me he inventado tanto en mi cabeza cómo sería compartir mi vida con alguien, que ahora que me está pasando, no sé cómo se hace. No es que piense que vaya a dejar de estar con Clau, pero pienso en si ella se cansará de mí. No me planteo poder cansarme de ella: en ninguna de mis relaciones inventadas cabía esta posibilidad.

Tampoco me había planteado tener hijos. Bueno, sí que me lo había imaginado, pero ahora que la edad límite se aproxima, no me veo nada preparada. Y a lo mejor debería habérselo comunicado a Clau, pero en mi carpeta de «Cómo ligar con chicos» de la *Súper Pop* no había ningún apartado sobre este tema.

46
LE RECETO DOS VERBENAS

Llevo dos semanas posponiendo el momento de hablar con mi madre. Ella me sigue escribiendo, nos damos las buenas noches y los buenos días, me manda fotos con mi padre comiendo fuera, tomándose un vino o en las excursiones por el monte a las que se ha apuntado desde que se jubiló. Hablamos un rato por mi cumpleaños. Yo no quería preocuparla y por eso evitaba el momento de conversar mucho rato. Posponía hablar con mi madre, con Clau, con mi compañero de la editorial y hasta con mi casera, porque se me había roto el lavavajillas y llevaba un mes lavándolo todo a mano para no tener que gestionarlo. Si pudiera lavar a mano a mi madre y a Clau, lo haría, cualquier cosa con tal de no enfrentarme a más conversaciones. Todo en la vida es hablar, todo el rato. Todo el rato estamos comunicándonos y todo el rato estamos sufriendo por cosas que nos comunican. Pasamos muy poco tiempo bailando «Danza Kuduro» con una cerveza en la mano, y es algo que debería recetar el médico.

«Está usted triste, le receto dos verbenas.» Es algo que me haría ir más al médico. Adonde tampoco voy, lo estoy posponiendo. Debería ir al ginecólogo, no voy desde hace años. Comparto en redes sociales publicaciones sobre lo importante que es la sanidad pública, que mínimamente una vez al año hay que hacerse revisiones, y luego ni voy al médico ni me reviso nada y, cuando estoy enferma, me autorreceto paracetamol, sopas y voy tirando. O busco en Google «Estoy enferma cómo me curo», sigo alguna receta mágica que me encuentro que junta jengibre y limón y confío en que lo solucionará.

Me paso el día posponiendo la alarma vital. Lo que no me gusta lo evito. Lo que me gusta necesito alargarlo hasta el infinito. No entiendo que las cosas no duren más tiempo y, a la vez, lo que dura mucho tiempo me agobia.

Tengo muchos mensajes sin responder en mi teléfono, conversaciones que empezaban con un «Qué tal» que no me vi con energía para responder y que si en algún momento me reclaman no haber respondido, diré que no había visto. Me da rabia la gente que dice «Si no respondes un mensaje es que no te interesa tanto», porque supongo que en parte es verdad. Pero hay veces en que simplemente no puedes. No tienes energía social, no puedes. Y yo me siento mal porque cuando era adolescente soñaba con recibir mensajes en mi Nokia 3310.

Durante varios años de mi adolescencia no tuve amigos. Es una realidad, no tenía ninguno. Podía tener compañeros de clase, pero no eran amigos. Eso se detecta cuando deseas con todas tus fuerzas que los profesores hagan los grupos de los trabajos de clase para no quedarte fuera.

Cuando tuve móvil por primera vez, aprendí poco a poco a utilizarlo; a veces le enviaba mensajes a compañeros de los que tenía el teléfono preguntándoles qué tal. Algunos me respondían, y yo me moría de ilusión y releía ese mensaje muchas veces cuando me iba a la cama. En Suances tengo libretas en las que transcribía esos mensajes, por si algún día se me borraban, para que nunca pudiera olvidar que Andrea Montero de 1.º B me había respondido que estaba viendo *El internado*. Yo me imaginaba que mi vida cambiaba porque había tenido un momento de intimidad con Andrea Montero de 1.º B, pensaba que a lo mejor al día siguiente en el instituto me saludaría con mucha efusividad, el resto de mis compañeros lo verían y empezarían a hablarme y a preguntarme por mis gustos, que llevaba meses preparándome gracias a la tele y la *Súper Pop*.

Me doy pena cuando recuerdo estos momentos. Como pena y ternura, y ganas de darme un abrazo y de decirme que todo irá bien. No recuerdo qué cené anoche, pero tengo imágenes demasiado nítidas de esa etapa haciendo cosas sola. Recuerdo perfectamente qué ropa llevaba, dónde estaba y qué libro era el que pintarrajeé con nombres inventados que me dejaban dedicatorias diciéndome que me querían. Ya no solo me inventaba que había besado a chicos en el pueblo, sino que también me inventaba un grupo de amigas. Después escribía en mis libretas, junto a un «tkm», nombres de compañeros de clase que me habían dado una mínima muestra de afecto. En esos años ni siquiera me enamoré porque no conocía a nadie. También me inventaba a la persona que me gustaba. Le ponía un nombre como de chico guay, por ejemplo, Raúl. Y escribía su nombre en mi libreta junto a unos corazones. Yo sabía que me tenía que gustar alguien para encajar, y así seguí sus pautas. Mis libretas del instituto están llenas de recuerdos falsos. Y quien me acompañaba a comprar esas libretas siempre era mi madre, que conseguía neutralizar mis ganas de llorar cada vez que me dejaba en la puerta del instituto. Por eso me duele ignorarla. Porque soy una desagradecida.

El móvil me vuelve a vibrar. Otro mensaje de mi madre.

AAMamá
Paula, he visto un artículo en el periódico y creo que me estas. haciendo ghostin?

47
FANTASMING

Mientras gotea el café de la cafetera dentro de la taza, coloco el teléfono en la encimera de la cocina para videollamar a mi madre, que me responde con la cara demasiado cerca de la pantalla.

—Ma, échate para atrás, que si no no te veo.

Consigue apoyarlo entre unos libros y un florero para poder charlar sin sujetarlo en la mano y me mira con una amplia sonrisa. No hay rencor, ni enfado ni ironía. Hay alegría genuina por verme y cojo aire muy hondo por la nariz sintiendo cómo sale la culpa por la boca al exhalar.

—Te echaba de menos, Pauluca.

Vuelven los pinchazos. Podría llorar.

—Perdona, mami, he tenido mucho lío...

—Ya lo sé, has estado muy atareada, no te preocupes. Pero yo soy una madre y te echo de menos.

Es que es fuerte. Mi madre es madre. O sea, ella tomó la decisión de traer a una persona al mundo. Y la ha mantenido con vida hasta ahora. Tiene mucho mérito. También ha sufrido un montón con el instituto, donde además nunca aprobaba Matemáticas. Yo sin amigos y sin saber hacer polinomios, y mis pobres padres gastándose su dinero en profes particulares a ver si su hija pasaba de curso. Tiene que ser jodido. No sé de qué hablarían cuando yo estaba en clase. Igual pensaban que podría esforzarme más para integrarme con mis compañeros. A lo mejor se han arrepentido de tenerme en algún momento. Cuando era un bebé me decían que lloraba mucho y no dormía. Igual ahí sí que desearon no haberme tenido. Ahora es posible que estén genial sin mí viviendo en casa.

—¿Me estás haciendo fantasming otra vez?

Había desconectado por completo de la conversación con mi madre y ella, en vez de enfadarse, me hacía una broma. Le había explicado el día anterior en qué consistía el *ghosting* y al contarle que *ghost* era «fantasma», ella lo había rebautizado como «fantasming» y, al ver que me reí con su respuesta, no había dejado de repetírmelo. Mi madre me decía cosas solo porque sabía que me harían reír. Qué suerte que mi madre sea mi madre.

—Mamá, ¿me echáis de menos en casa?

Se quedó sorprendida con esa pregunta tan repentina y tardó en responder más tiempo de lo que esperaba.

—Claro. Si llevo muchas semanas queriendo hablar contigo... ¿Lo dudas?

—No. Digo si os gusta estar ahí sin mí.

—A mí me gustaría que vivieras más cerca, pero sabía que te querías marchar y ahí tienes tu vida. No quiero que estés viviendo aquí porque sé que allí eres más feliz.

—Ya. Pero ¿cómo es criar algo y que luego ya no esté contigo?

—Es un cambio de vida. También nos hemos jubilado, de repente tenemos mucho más tiempo libre.

—Pero os tenéis a vosotros.

—Sí. Pero contigo también era diferente, le dabas sentido a los días. Hacíamos muchas cosas juntas. Pero estamos bien.

Algo había ocurrido: mi madre me ponía una sonrisa como la que me recibía para animarme al volver del instituto.

—¿Y tú querías ser madre?

—¿Te pasa algo, Pauluca?

—Que no sé por qué has sido madre, nunca me lo has dicho.

—No lo pensé mucho, la verdad. Ya nos habíamos casado tu padre y yo, vivíamos juntos y teníamos ya treinta años... Era el momento.

—¿Y os acostumbrasteis fácil a tenerme en casa? ¿Os caía bien desde el principio?

—Yo sentía que eras como una extensión de mí.

—¿Y no se te olvidaba que eras madre en algún momento?

—Desde que naciste no se me ha olvidado ni por un momento que estás en el mundo. No estoy preocupada todo el rato por si estarás bien, pero siento que existes.

Otro pinchazo.

—Yo también siento que existes, mamá.

—Estás haciendo preguntas muy raras. ¿Estás bien?

¿Estoy bien? Pues tampoco me lo había planteado. Si «estar tapando algo» fuese un estado de ánimo, desde luego ese era el mío ahora. No me estaba haciendo demasiado cargo de todas las cosas que me ocupaban la cabeza y que rebotaban por sus paredes como una bola de pinball.

—Estoy bien.

—Pero ¿ha pasado algo?

—Que no.

—Vale.

—¿Y a ti te ha pasado algo?

—¿A mí qué me va a pasar? Nada.

—Vale.

—Voy a salir a comprar que si no luego se me hace tarde y anochece.

—Vale, ma. Te quiero.

—Y yo. Ven más, anda.

Cogí aire con fuerza al colgar. Ven más. Tenía que ir más.

48
EN MI MEJOR MOMENTO COMO MUJER

No me gusta mucho el concepto del *guilty pleasure*. Llevo demasiados años yendo a terapia como para seguir asociando la culpa con el placer, o al menos eso intento. Supongo que si tuviese que señalar un *guilty pleasure* diría que son las revistas del corazón. Pero las que retratan a gente rica y pija. Gente a la que retratan en sus mansiones y que se esfuerza en posar en las estancias escondiendo que tienen más personas de servicio que hijos. Me gusta contrastar esa finura y ese saber estar leyendo las revistas en el móvil cuando me siento en el váter. Es algo que nadie más ve, pero es una broma que me hago a mí misma y que celebro internamente. Me divierto sola pensando en que esa señora que posa con un abrigo de visón nunca se imaginó que una bollera con una camiseta desgastada por el uso vería sus fotos mientras caga.

En una de esas entrevistas hablan con una presentadora mítica de los dos mil, que enseña a su hija por primera vez porque ya ha cumplido los dieciocho años. La chica lleva brackets, todavía tiene algún granito en la piel y posa al lado de su progenitora con sonrisa nerviosa. Le preguntan si le gustaría ser presentadora como su madre y ella dice que no le importaría, pero que antes quiere terminar sus estudios de ADE, que ha comenzado este año. Su madre afirma que compaginar su maternidad con el trabajo había sido muy difícil, pero que decidió tenerla cuando sentía que estaba en su mejor momento como mujer. Que no se arrepentía de nada, aunque hubiera pasado varios años apartada de los medios de comunicación, porque ahora la recibían de vuelta con el mismo cariño, pese a que sí notaba que las cosas habían cambiado mucho desde que se había ido. Me pregunto cuándo será mi mejor momento como mujer y si me enteraré en el momento en que eso ocurra. A lo mejor quiero ser madre cuando sea mi mejor momento como mujer y después de que se pase ese momento, me arrepiento de haberlo sido. Ahí ya no hay vuelta atrás, ahí ya tendré un chiquillo que me perseguirá como si fuese Pikachu. Y supongo que para entonces todavía no existirá nada equivalente a la Pokéball para humanos. Tendré que llevar al niño a cuestas todo el rato y a lo mejor no siempre me apetece. No podré salir un día sin planificarlo antes, ni volver a casa tarde ni tampoco quedarme más rato en la cama. O verme una temporada de una serie entera sin que nadie me moleste. Supongo que soy egoísta.

Conozco a madres que me parecen egoístas y siguen siéndolo. La primera que me viene a la cabeza es Maica. Maica era jefa de algo en una de las editoriales que componían la empresa de la que mi editorial formaba parte. La verdad es que nunca me enteré muy bien de cuál era su cargo, pero tenía secretaria y creo que eso es bastante de jefa. La conocía de alguna cena de Navidad y de algún *team building*, porque era la que siempre me pedía cigarros después de hacer senderismo, y de vernos en alguna videollamada de esas en las que hay tanta gente que parece que hayan metido actores de figuración. Rondaba los cuarenta y cinco años, vestía siempre con traje y a mí me parecía muy atractiva. Cuando la conocí, llevaba siempre tacones y el pelo perfectamente arreglado en una coleta de la que no se escapaba ni un mechón. Estaba casada con un empresario de vinos al que siempre colaba cuando teníamos eventos para que trabajara en el catering. En la última cena de empresa apareció con zapatos planos y se había hecho una cresta con el flequillo. No sabía ni cómo reproducirla con mi propio pelo, pero sorprendentemente le quedaba bien. Nos saludamos en el cóctel y le pedí un vino al camarero, ya que solo veía cervezas y refrescos en su bandeja.

—No hay —apuró a decir Maica, mientras cogía dos cervezas y me acercaba una—. En esta empresa ya no nos gusta el vino.

—Pues a mí me gusta la cerveza.

Maica me miró a los ojos y, mientras, brindó con su copa espumosa contra la mía.

—A mí también.

Después de toda una noche de indirectas, miradas y jugueteos, estaba de camino a casa de Maica en su coche. Habíamos bebido y le insistí mucho para volver en taxi, pero ella me aseguró que había hecho más veces aquello y que controlaba un montón. Es verdad que llevaba horas bebiendo agua, pero hacer algo en lo que no tuviera el control absoluto me inquietaba. Intentaba no pensarlo, como cuando hay una abeja a tu alrededor y haces como que no existe para evitar ponerte a saltar y gritar que ojalá se vaya. Me sujetaba al agarradero del coche con fuerza. Maica me acariciaba la pierna y ese momento no podía ser más sexy, pero reprimía las ganas de decirle que, por favor, pusiera las dos manos en el volante. Al día siguiente teníamos que trabajar, pero entonces no importaba. Yo cerraba los ojos y sonreía aunque me temblaban las piernas.

Llegamos a su casa sanas y salvas, y sentí electricidad por todo mi cuerpo cuando vi que me había atrevido a hacer algo bordeando la legalidad.

Maica nunca había estado antes con una mujer, pero no parecía preocuparle. Tenía una iniciativa digna de una experta. Después de varias horas en la cama, con nuestros cuerpos desnudos juntos en una intimidad poco trabajada, me preguntó:

—¿Te gusta mi cuerpo?

—Claro.

Mi índice acariciaba su silueta desde las piernas, subía por sus caderas y llegaba a sus brazos, a la altura de sus pechos. Ahí hizo un gesto involuntario para tapárselos con la sábana.

—¿Te da vergüenza?

—Mis tetas eran increíbles. Me encantaban. No había noche en la que no me las sacase cuando salía de fiesta a tu edad.

—A mí me parecen increíbles ahora.

Maica se destapó despacio con la mirada baja. Nunca había visto vulnerabilidad en esa jefa con tacones y coleta perfecta que tenía idealizada.

—Es que dar el pecho a mi hijo me las dejó así. Ahora están caídas y vacías.

—Pues vacías y caídas me gustan.

Sentí que había asimilado mi mensaje cuando me besó y al segundo sentí su respiración en mis brazos.

Lo siguiente que recuerdo es despertarme a voces con Maica gritando al teléfono. En el reloj que reposaba en la mesilla ponía que eran las nueve de la mañana.

—¡Te he dicho que no he escuchado el timbre! ¡No me grites, joder! ¡Que no me grites delante de Jaime!

Me levanté de la cama y miré a Maica en silencio. Ella me acarició la cara al verme, sin dulcificar el rostro, que tenía el ceño fruncido mientras seguía con el teléfono en la oreja. Se acercó a su armario y sacó una camisa, que luego me lanzó.

—¡Eres un cabronazo! ¿Cómo puedes decir que no me importa mi hijo? ¡Claro que me importa!

Seguía rebuscando en el armario y me dio una toalla. Con la mirada me señaló el baño y, con el teléfono sujetado con el hombro, juntó sus palmas para mirarme y vocalizar un «perdón».

Me metí en la ducha sin entender qué estaba ocurriendo y al salir me estaba esperando ella con la toalla.

—Perdóname, corazón. Es que tenía que venir esta mañana mi ex a traerme al niño para que yo lo llevase al colegio y no hemos debido de escuchar el timbre. Y, claro, ahora está diciéndole al crío que yo no lo quiero, que no me importa...

Sacó de uno de los cajones del baño un paquete de tabaco y se encendió un cigarro.

—Tengo un cabreo... ¿Cómo no me va a importar mi hijo si lo he parido? Y sin cesárea, que me dejaron el coño como un trapo.

Yo la miraba sin saber qué frase de ánimo decirle mientras aprovechaba para vestirme.

—¿Y yo qué culpa tengo si no lo he oído? Tendré derecho a disfrutar, que suficientemente amargada he estado con él. Y si tiene que llevarlo hoy al colegio, pues que se joda.

—Toda la razón...

Aquello parecía una cámara oculta. Terminé de vestirme y me dejó en mi trabajo antes de irse al suyo pidiéndome de nuevo disculpas por lo que habíamos vivido durante la mañana. En su momento me pareció que había sido una madre irresponsable y puede que un poco sí lo fuera, pero cada vez entendía más que tuviera esas ganas de no darle explicaciones a nadie y mirar solo por ella. Nunca nos volvimos a enrollar y empezó al poco tiempo con otro tío, le he perdido un poco la pista. Pero supongo que ella esa noche sintió que estaba en su mejor momento como mujer.

49
UN PALILLO EN EL CULO

Natalia ha muerto. Realmente era algo que esperaba, porque cuando empecé a jugar con ella en mi cumpleaños al rato me aburrí y la guardé. No sé si el fallo ha sido llamar a un Tamagotchi Natalia por Natalia de *Operación Triunfo 1*, o habérmela dejado durante días en el fondo del bolso y que ahora tenga restos de tabaco por todas sus hendiduras.

He leído en internet que para revivirlo tienes que meterle un palillo por un agujero que tiene en la parte trasera. Ojalá pudiera hacerse así con las personas. Es verdad que sería una situación incómoda pensar que lo mismo que te sirve para quitarte paluegos en los dientes luego tenga un valor tan vital si te lo metes por el culo.

Los únicos palillos que había encontrado por casa eran unos de la última fiesta que hice para ver la final del mundial de fútbol femenino. Quién le iba a decir a

Natalia que volvería a la vida gracias a un palillo con una bandera de España metido en el ojete.

Natalia, al volver a nacer, me saludó sin ningún tipo de rencor, sin recordar que la había matado de hambre.

Camino por la calle con la música alta en mis airpods nuevos, por suerte ya no tengo que ponerla tan alta como antes, y aprovecho para sacar a Natalia del bolso, darle unas bolitas hechas de píxeles que la alimenten y jugar un rato.

Hoy es viernes y he quedado con Clau para cenar y ver una peli mala de los noventa que nos sepamos de memoria. Es un plan que se ha ido instaurando en nuestra agenda y que cada vez hacemos más viernes consecutivos. Un poco por la inercia de la semana intensa de trabajo y porque a Clau no le apetece tanto salir, así que terminamos muchos viernes dormidas en el sofá.

Me recibe con besos en la cocina mientras trocea tomate para hacer guacamole. Los últimos rayos de sol del día entran por la ventana, algunos le manchan de luz las manos. Es como una de las imágenes que me guardo en redes sociales de parejas nórdicas que tienen preciosa toda la casa de madera y preparan recetas saludables. La miro mientras abro una bolsa de nachos y los pongo en un bol.

—Se me ha muerto Natalia.

—Pero si no tiene ni un mes, Pau.

Me encojo de hombros y sigo vaciando la bolsa de nachos.

—Pensaba que te hacía ilusión el Tamagotchi.

Veo que Claudia ha dejado de cortar tomate y me mira. No logro descifrar si bromea o si está molesta.

—Claro, siempre he querido uno... Pero, después de jugar un rato, me cansé. Y se me había olvidado en el bolso, luego cambié de bolso... Que no lo he matado aposta, conste.

—Ya supongo...

—¿Te ha molestado que se me haya muerto el Tamagotchi, Clau? ¿En serio?

Noto un calor que me sube por el cuerpo y aprieto la mandíbula.

—Me molesta que digas que siempre has querido tenerlo y que luego pases de él al segundo. Me costó mucho encontrar el que me habías dicho que querías, ¿sabes?

—Lo has hecho porque has querido, no puedes mandar sobre cómo reacciono y siento las cosas siempre.

—Ah, ¿lo hago siempre?

—Pues sí. Se hace lo que tú quieres. Se cena lo que tú quieres, se sale cuando tú quieres y ahora quieres tener hijos y hay que tenerlos, aunque yo no quiera. ¡Cojonudo!

La cara de Clau cambió por completo. Se secó las manos con el trapo que reposaba en la encimera y me miró de una manera que encendió todavía más mi enfado.

—¿No quieres tener hijos?

—¿Es tan difícil de entender? No quiero ser madre. ¡No quiero! No pienso traer a un niño al mundo para que sufra lo mismo que yo. ¡No me da la gana!

—A lo mejor si dejaras de pensar tanto en ti y en lo que te ha ocurrido, que parece que solo tú has sufrido, que solo tú lo has pasado mal. Sal de ti y mira un poco al resto.

—Me parece increíble que me digas esto...

—Te estás comportando como una egoísta.

—Seré egoísta por no querer ser madre, pero a mí me parece egoísta querer serlo.

—Pues si soy tan egoísta, no sé qué haces aquí obligada, vete.

Salí por la puerta sin decir nada más, sin evitar dar un portazo como respuesta. Estaba enfadada. Muy enfadada. E igual no había sido la forma de decir que no quiero ser madre.

Pero es que no quiero. No quiero ser la persona responsable de traer un niño al mundo que pueda sufrir.

Un niño tiene que ser feliz, tiene que ser feliz todo el rato. Su experimentación con las emociones tiene que ser muy básica: está triste porque quiere ver la tele y no le dejan, está herido porque ha tropezado jugando en el parque... Pero nunca porque otro niño le hace estar triste y sentirse solo.

Sentir soledad en tu infancia y adolescencia es saltarte demasiados capítulos de la vida de golpe. Ahí no toca sentir que estás solo o que nadie te quiere. En esa etapa te toca ser feliz y generar nuevos recuerdos que apaciguarán el dolor de la vida adulta.

Y no pienso contribuir a que un niño llegue al mundo para sufrir, conmigo que no cuenten.

50
VIVA LA NOVIA

Me despierto sobresaltada por el ruido del timbre. La primera vez pienso que se habrán equivocado; cuando insisten me planteo si Clau habrá pensado en nuestra discusión y querrá hablar, pero lo que menos me esperaba es ver a Jana al otro lado de la puerta, con una diadema con un pene en la cabeza, una banda retorcida por su cuerpo que pone VIVA LA NOVIA, el maquillaje corrido y un pedo descomunal.

No sabía ni qué decir. Ella me miraba con profundidad mientras se tambaleaba un poco a los lados fingiendo sobriedad.

—Cásate conmigo, Pauli.

Puse los ojos en blanco y me eché a un lado, invitándola a pasar. Ella entró.

Jana caminó lentamente por la casa observando descaradamente la decoración. Se sentó en el sofá, delante de la mesa donde reposaba el vaso de agua que le acababa de servir, y, después de bebérselo de un trago, me miró encogiéndose de hombros.

—He estado celebrando mi despedida de soltera... Que, por cierto, no respondiste a mi invitación.

La miré irónica, esperando que ella sola llegase a la conclusión de por qué no había obtenido respuesta.

—Yo quería compartir contigo este día.

—A mí no me apetecía mucho, Jana...

—Me ha pasado una cosa hoy.

—¿Y no me lo podías contar en otro momento? Son las putas cuatro de la mañana.

—Ay, no me hables así... Tú nunca hablas así.

—La gente cambia.

Sentí cómo Jana recibía la estocada en medio del pecho al verla abrir más los ojos extrañada. Aunque he fantaseado con responderle así durante todo este tiempo, no me siento tan bien como esperaba y me invade un sentimiento muy profundo de pena hacia ella.

—¿Qué cosa te ha pasado hoy?

Soy más blanda que la mierda de pavo. Jana sonrió como una niña pequeña e hizo que uno de los vértices de mi boca subiera como reacción.

—Hoy he pensado en que me habría divertido mucho contigo, y que me habría reído mucho viéndote con un pito en la cabeza y cara de enfadada, y tú cuidándome y yo haciéndote cruzar en rojo algún semáforo... Y he pensado en que me gustaría compartir mi boda contigo, pero es que no te imagino entre el público. Te imagino a mi lado, riéndonos de lo absurdo que es lo que vamos a hacer y deseando llegar a casa para arrancarte el vestido y llenarte de besos.

Hace años soñaba con esta conversación y ahora, en lugar de querer saltar a sus brazos, pienso en gritarle, pero también en llorar.

—Quiero casarme contigo, Pauli.

—Estás borracha.

—Un poco, pero lo siento de verdad.

—Jana, hace años me alejé de ti enamoradísima, pero tan enamorada que no sé si llamarlo así, porque lo que yo sentía era obsesión contigo. Y habría hecho lo que tú quisieras si me hubieras tratado un poquito mejor. Un poquito, ¿eh? Es que no te pedía más. Salí de ti destrozada, sin autoestima, porque tú querías liarte con todo el mundo y ser la más moderna de todas.

Jana me miraba en silencio, sin condescendencia, pero con dolor y culpa. No había visto eso en sus ojos en todos estos años.

—Consigo ser feliz sin ti, sola. Hasta encuentro a una persona con la que soy feliz compartiendo mi vida y con la que no tengo miedo de despertarme una mañana y que haya desaparecido. Y ahora que soy feliz, que te he olvidado, que estoy en otra, ahora es cuando apareces.

Las lágrimas salían de mis ojos sin parar, la rabia se me atascaba en la garganta.

—Venir ahora a declararme tu amor es la peor muestra de amor que podías hacerme. El amor es hacia ti, porque esto es lo que quieres ahora. Pero ¿qué querrás mañana?

Caminé hacia la puerta y la abrí.

—Y seguramente no deberías casarte, ni con Chayanne, ni conmigo, ni con nadie. Necesito que te vayas.

Necesitaba que se fuese. Necesitaba respirar hondo esta rabia que tenía dentro. Ella siguió hablando y diciendo cosas que yo no podía escuchar de la presión que sentía en la cabeza en ese momento, como si sonase un pitido y todo fuese a cámara lenta. Jana salió de mi casa.

—Me caso mañana, dime lo que quieras y lo hago.

Cerró la puerta detrás de ella. No había entendido nada en absoluto, no podía darme de nuevo a mí la responsabilidad de tomar decisiones sobre su vida, y menos unas tan importantes.

51
LA CHICA DEL VIDEOCLIP DE «DOS HOMBRES Y UN DESTINO»

Estoy absolutamente sobrepasada y me apetece llorar todo el rato. Aun así, tengo tiempo para pensar algo tan superficial como que hay dos chicas que están por mí. Dos chicas que son increíbles. Y que seguramente lo pasarán igual de mal que yo y que pensarían que soy una idiota por valorar que nunca hasta ahora han estado dos chicas detrás de mí. Bastante patético.

Me creo que soy la tía a la que cantan Bustamante y Àlex en «Dos hombres y un destino», pero no sé si ella lo pasaría mal. En el videoclip de la canción ambos empiezan a pegarse en un ring de boxeo dentro de un polígono, lo típico, y cuando están en el suelo zurrándose y no pueden más aparece la chica, el mismo destino por el que son dos hombres, y les grita. Y ahí se acaba. Y los dos ahí en el suelo, sudados y sucios pensando que ella aceptaría quedarse con el que siguiese en pie.

A mí me gustaría saber más sobre la chica, me pregunto cómo se siente teniendo a dos hombres detrás de ella, aunque sean dos pedazos de garrulos que resuelven las cosas a hostias. Pensará a lo mejor: «Qué especial soy», o estará acostumbrada a que le pasen estas cosas y no le dará valor. A mí me gustaría preguntarle cómo ha podido sentir amor por dos personas tan diferentes.

Jana es el absoluto caos y en ese caos en el que me envuelve me atrae, me lo reconozco a mí misma, porque asomarse al precipicio genera una serotonina que pocas cosas más me regalan. Además de la sensación de caer al vacío constantemente, también me atrae porque me ayuda a salir del exceso de concentración y de la autoimposición con la que vivo para seguir las normas.

Clau es mi familia. Si tenemos un problema, se enfrenta a él y lo habla. Jana se compraría un cuarzo. Son formas distintas de enfrentarse a las cosas. Sonrío pensando en el cuarzo. Me pesa pensar en Clau. Jana me hace daño sin darse cuenta, demasiado pendiente de sí misma como para percibir que hiere, y yo, demasiado herida y cansada para explicarle.

Estaba en la puerta de la casa de Jana, en chándal, dispuesta a terminar algo que sentía cómo no me hacía bien (aunque egoístamente disfrutaba de la satisfacción de tener a una persona detrás de mí a la que yo en el fondo no dejaba de querer).

Su cara al abrirme fue de sorpresa y al segundo, de alegría. Se lanzó a abrazarme.

—Has venido.

Yo permanecí impasible ante su abrazo, que no correspondí.

—Vengo a decirte que no te quiero volver a ver.

Sabía que mis palabras le harían daño, y aquello me provocaba dolor y placer. Su rostro cambió de golpe, se cruzó de brazos y sus cejas se afilaron.

—Para decir eso no hacía falta que vinieras a mi casa el día en el que me voy a casar.

—Jana, ayer me pediste matrimonio. ¿Te vas a casar igualmente? ¿Hay alguien al volante ahí dentro? —dije señalando con rabia su cabeza.

Por supuesto que no había nadie y si algo había peor que una Jana despreocupada era una Jana enfadada. Y esa era capaz de casarse solo por fastidiarme a mí.

—Tú crees que todo el mundo te hace daño y que va contra ti, pero para mí no fue fácil asumir lo que soy ni lo que me gusta —soltó con desprecio, con la naturalidad de verbalizar algo con lo que asumía mi complicidad.

Era la primera vez que Jana me hablaba de su sexualidad sin repetir mil veces que era hetero y de repente vi vulnerabilidad en unos ojos en los que también había ira.

—Nunca me habías hablado de esto. Siempre que te sacaba el tema tú me decías que eras muy libre y muy moderna. ¿Dónde ha quedado eso?

—Pues supongo que cuando te pasas el día pensando tanto en una mujer por primera vez en tu vida las cosas sí que cambian.

No me podía hacer eso en ese momento. Ella siguió hablando:

—Ahora me siento más libre que nunca.

—No sabes estar sola ni lo has intentado. No quieres una pareja, quieres un asistente. Y yo valgo lo mismo que tú y hace tiempo que me he cansado de entender todos tus problemas sin que te plantees si yo tendré alguno.

—Yo sí que me preocupaba por ti...

—Te pasaste un año ocultándome y diciéndome que solo te gustaban los hombres, que no era suficiente, que éramos amigas.

—Pauli, no era fácil asumir que me había enamorado de mi mejor amiga. Me quise proteger.

En ese momento yo sabía que esta conversación volvería a reproducirla millones de veces en mi cabeza cuando estuviese triste.

—Quiero que sepas que te perdono, por si algún día asumes que has hecho algo mal conmigo. Te voy a pedir que no te pongas en contacto conmigo y que si hay verdad en todos esos sentimientos que dices, respetes mi decisión.

Besé a Jana porque necesitaba saborear el abismo por última vez y también porque por un momento me vi desde fuera y, aunque me dolía el corazón, me parecía que lo haría todo más dramático y peliculero, que es lo que haría la chica del videoclip de «Dos hombres y un destino».

—Ojalá nos encontremos en otra vida.

Ella era capaz de removerme y, a la vez, avergonzarme de su forma de hablar.

Supongo que es lo que tiene liarte con una actriz, que su intensidad es insuperable.

52
PARA SIEMPRE ES MUCHO TIEMPO

¿Mis amigas hablarán de mí a mis espaldas? Es algo que me pregunto a veces. Yo sí hablo de ellas. No voy aireando sus intimidades, nunca he contado un secreto aunque sí el que he considerado que no era secreto. La gente a veces llama «secreto» a cualquier cosa y yo, y pido perdón por ello, por disfrute absoluto he compartido alguna vez esa información por cotillear. Ni más ni menos que por cotillear.

No es lo mismo cotillear que criticar. Me da igual la vida de la gente, pero me importa mucho juntarme con mis amigas y comentarlo. Al menos yo me autoengaño así diciéndome que no soy una persona que critica. Opino, eso es verdad. Pero no juzgo. Puedo decir que lo haría de otra manera, que creo que actuar así es un error. Pero nunca haría un juicio moral sobre la forma de actuar de mis amigas. Vivir es muy difícil y tampoco es que a mí se me dé que te cagas.

Me da vergüenza pensar en que mis amigas me juzguen. Es curioso cómo las personas que más te quieren y te conocen te pueden hacer sentir muy vulnerable solo pensando que hablan de ti. Que yo lo he hecho. Pero yo. A ellas no les va a afectar, primero porque no se van a enterar y, segundo, porque son mucho más fuertes que yo.

No me gustaría ser esa amiga que te dice un año que está fatal con su novio, que lo quiere dejar y que aquello no tiene solución, y al año siguiente está embarazada de gemelos. Esa persona incoherente que, por miedo al futuro, a estar sola, a que la rechacen, se aferra a una persona que quiere algo, un poco, pero no mucho. No lo suficiente. Pero sobre todo no lo suficiente para ella. Porque lo que es suficiente para otra persona, no lo es para ella.

Un día, África me espetó: «Cuando quieras, hablamos del ridículo que estás haciendo». Y yo, tras fingir un poco que estaba todo bien y que no sabía de lo que me hablaba, me derrumbé. Me puse a llorar como una niña pequeña. Como esa que intercambió sus fotos de *Operación Triunfo* más preciadas a cambio de la que quería la chica que le gustaba. Llorando desconsolada. Sin entender que ya no estaba enamorada del amor de mi vida. Sin entender que tendría que hacerle daño a la persona que más había querido en toda mi existencia para así continuar sin ella. Quería hacer kintsugi en las grietas por las que se me había escapado sin darme cuenta esa pasión desenfrenada del principio, esos sentimientos que desbordaban mi corazón, para intentar así conservarlos un ratito más dentro de mí.

No había pasado nada. Nada concreto. Pasó la rutina, pasó el tiempo en mí y me llevó a ser una persona diferente a la que había conocido Clau. Pasó que la sensación de estar con la guapa de la clase no me había llenado tanto como pensaba. Que al principio caminaba con el pecho erguido porque tenía la novia que siempre había soñado, que era perfecta, que la quería conmigo para siempre. Y de repente ese «para siempre» estaba perdiendo significado. Lo que antes me llenaba el corazón ahora me aterraba. No tengo tatuajes porque no estoy segura de quererlos para siempre, ¿cómo voy a querer para siempre a una persona? Duele más desprenderse de una persona que de un tatuaje, estoy segura. Ojalá existiese un láser para desprenderse de las personas, que te duela horrores a ti, pero no a ellas. A mis padres y mis abuelos los quiero para siempre, pero también porque ya no convivía con ellos, si no, igual también me pesaba el «para siempre».

Creo que soy fácil de llevar, tampoco tengo mucha complicación, me parece que sería más difícil convivir con un perro que conmigo. Me gusta mucho estar en silencio cuando lo estoy y también disfruto de hablar sin parar. Supongo que si no te apetece lo mismo que a mí a la vez, puede resultar cansado. También sé leer a las personas y puedo percibir cuándo no les apetece hablar. A veces hablo y, si veo que la persona interlocutora no me presta atención, dejo de hacerlo. Igual me duele un poquito, porque ante todo soy sensible, pero dejo de hacerlo. Pero, pese todo, creo que yo tampoco querría estar conmigo para siempre. Si no fui capaz de mantener para siempre aquel correo electrónico que se llamaba «Avril Lavigne 100pre», qué me puede motivar a estar con una persona 100pre.

Para siempre es mucho tiempo, y la cosa es que yo ya no estaba enamorada de Clau, me aterraba tener que decírselo y tenía que hacerlo.

53
LAS BRAGAS DE ÁNIMO

Cuando estoy enferma o agobiada, me pongo unas bragas que me den ánimo. De esas de culotte que se te meten un poco por el culo, pero que te hacen culazo, como un logo de Antena 3. De alguna manera me empodera y me da fuerzas. Es un poco contradictorio que no crea en Dios, pero sí en un textil fabricado en Bangladesh. Hoy me he puesto una de esas bragas. Hoy veo a Clau.

Tenemos que hablar. Es la conversación más «Tenemos que hablar» que hemos tenido. Me siento mal por haberle gritado. No me gustaría discutir más.

Sorprende mucho darte cuenta de que «lo peor que te ha pasado en la vida» ha ido cambiando a lo largo de la misma. Recuerdo con un pesar terrible, hasta el punto de que lloraba días desconsolada cada vez que se me pasaba por la cabeza, una vez que, con cinco años, grabé sin querer, encima del último capítulo de *La vuelta al mundo en ochenta días* que conservaba en VHS, una actuación de Ricky Martin en un programa de la tele. Sigo recordándolo; no había vuelta atrás, no se podía deshacer la acción y además lo había hecho yo, por lo que nadie más podía ser responsable, aparte de mí misma, de ello. Eso me lleva a pensar cuando Clau llegó a casa con la temporada completa de *La vuelta al mundo en ochenta días* y vimos el último capítulo con palomitas y llenándonos de besos. Un pinchazo profundo me inunda el pecho. Una vez me robaron por la calle una cartera que me había regalado mi psicóloga, que era algo personal para ella, y yo estaba destruida de pensar en que eso que me había confiado se había perdido. Y no tenía solución. Cuando Rosa no ganó Eurovisión, me senté en silencio procesando la decepción de esa derrota, de la que en ningún momento se me había pasado por la cabeza la posibilidad. Cuando mi abuelo murió, en el momento de la misa, en el que te dicen cosas absurdas como que Dios se lo ha llevado con él, como si eso fuese algo positivo, ahí pensé que estaba viviendo lo peor de mi vida, aunque lo encajé rápido porque tenía sentido. Era mayor, es ley de vida, la gente se muere cuando es muy mayor, tiene lógica aunque duela. Tener que decirle a Clau que no estoy enamorada de ella no tiene ninguna lógica y ahora mismo es lo peor que me ha pasado en la vida.

Caminaba por la calle escuchando una canción de Aute que me había llegado de rebote. «De alguna manera tendré que olvidarte. Por mucho que quiera, no es fácil»: sus palabras se me clavan y me cuesta respirar. Supongo que él también pensó que ese momento era lo peor que le había pasado en la vida; me encantaría poder hablar con él y preguntarle qué tal estaba, si cuando cantaba «Y nada más, apenas nada más» no pensaba en arrancarse el corazón de golpe y pisotearlo con unas botas de montaña por si así sufría menos. Tendré que olvidar a Clau, tendré que encontrar motivos para que no me recuerde todo a ella e incluso en un futuro querer a alguien tanto como a ella. Es algo que se me hace imposible ahora mismo. No quiero estar con ella, pero no voy a encontrar nunca a nadie mejor, ni que me quiera tanto y tan bien. Ahora mismo, la imagen de familia que tenía con ella comienza a desvanecerse, como si se cayesen las hojas de un árbol en otoño, o cuando sea que se caen las hojas, porque siempre me he liado con estos temas. La imagen de Claudia desaparecía.

Llegué a su casa y Clau me iluminó con una sonrisa que me oscureció de culpa. La abracé firme y fuerte, como siempre, coloqué mi cabeza en el hueco de su cuello y frené las ganas de darle un beso como si cada roce de mis labios pudiese servir como bálsamo de lo que le iba a decir. Apreté los ojos con fuerza para que no saliese la primera lágrima, porque veía complicado parar. Me separé de ella y nos miramos, Claudia cambió su expresión muy rápido y me dio la mano mientras me preguntaba con toda la ternura del universo:

—¿Qué pasa, Pau?

Yo rompí a llorar como la niña pequeña que se había perdido el final de su serie favorita por culpa de Ricky Martin.

—Siento mucho haberte hablado mal el otro día.

—Yo también.

—No me atrevía a decirte que no quiero ser madre.

—¿Y cuál era el plan?

—Posponerlo hasta que me explotara en la cara. Y echar a suertes quién se preña.

Clau se rio y yo sonreí aliviada, sintiendo una mezcla de lágrimas y mocos asomarse por el borde de mis labios. La miré a los ojos y los entorné como si la culpa me empujara las pestañas.

—Pau, yo quiero ser madre... Con alguien que quiera serlo conmigo. No te puedo obligar.

—Ya.

—Y, además, ese no es el único problema que hay.

—Ya.

—Sé valiente y dímelo.

Es que estaba siendo cobarde. Tampoco es que yo me sintiera una persona valiente, ni siquiera me atrevía a llamar por teléfono para pedir a domicilio, se me hacía bola decirle a la gente que se ponía en medio de la acera si se podía apartar y me daba un miedo atroz herir los sentimientos de alguien. Y por ello sentir rechazo hacia mí. Pero no puedo exigir que la gente sea valiente conmigo si sigo siendo esa cagona que no se atreve a nada.

—Creo que no estoy enamorada de ti.

Clau cerró los ojos. Cuando los abrió, habían cambiado de color, estaban rojizos y las lágrimas se asomaban. Fue horrible y me sentí horrible.

Nos abrazamos con fuerza. Apretándonos como si nos pudiéramos fusionar. Levanté la mirada para cruzarme con la suya.

—Qué lío, ¿no?

Clau mordió sus carrillos sonriendo y afirmando con la cabeza. El silencio no era incómodo. Nada era incómodo con Clau.

—Tienes heridas que yo no puedo curar, Pau. Y en ese proceso de intentar sanarlas, me estoy frustrando y me está haciendo daño. Tienes que hacerlo tú.

—Contigo todo es fácil.

—Menos conseguir que Natalia siga con vida...

Ambas sonreímos. Silencio cómodo de nuevo.

—Lo siento mucho.

—Y yo.

—Me voy a marchar.

Me separé de Clau sin asumir del todo que esta distancia sería definitiva.

Y nada más. Apenas nada más.

54
LA MUÑECA DE ANGELICA DE *LOS RUGRATS*

Estoy en bragas en el sofá. Pero por mucho que se me metan por el culo no me dan el ánimo que pensaba que podría encontrar en un trozo de tela. Me ha venido la regla, mis bragas de algodón me tapan por encima del ombligo y me dan un poco de calor que alivia los retortijones que siento, además de culpa. He ido al baño cuatro veces en lo que va de día y todo lo que ha salido de mí es asqueroso. Me siento de nuevo en la taza y observo mi reflejo frente al espejo. En la camiseta tengo una mancha de yogur que me limpié lamiéndola. El pelo recogido en un moño del que salen pelos disparados como los de la muñeca de Angelica en *Los Rugrats*. Si esto es ser valiente, normal que nadie quiera serlo. Hace unos días que dejé a Clau y estoy muy triste. No hay mañana en la que no extienda la mano para buscarla junto a mí en la cama. Continúo durmiendo en mi lado, respetando el suyo. La mitad de la cama sigue hecha cuando me levanto. Esta mañana he recibido un mensaje suyo en el que me daba las gracias por lo que habíamos vivido y en el que decía que nadie le había demostrado tanto amor y yo me sentí orgullosa de haberlo conseguido sin que nadie me explicara cómo hacerlo. También me animó para que fuese a la cena de Navidad del instituto y las taquicardias volvieron a mí. Tenía razón, yo lo sabía. Pero cómo iba a enfrentarme a algo que no podía ni pronunciar sin respirar hondo.

Suena mi móvil y avanzo subiéndome las bragas mientras camino. Me llaman de la editorial.

—Paula, ¿Has revisado ya el PDF que te he mandado del libro?

—Sí.

No.

—¿Y qué opinas?

—Está muy bien.

—¿Sí?

—Sí.

—Pues le damos, ¿vale? Lo envío ya a imprimir. Los ejemplares a tu casa como siempre, ¿no?

—No. Te mandaré la dirección de mis padres, me pasaré una temporada allí teletrabajando.

Supongo que hay que ser valiente.

55
VAYA

Una de las cosas que más me gustan de mi madre es la discreción. Ella puede morirse de curiosidad, pero si ve que no es el momento, se aguanta la pregunta aunque le queme la garganta. Me ha recogido como siempre en la estación de tren, con un abrazo muy fuerte y un bocadillo pequeño de anchoas y queso, para que no tenga hambre de camino a casa.

Ahí está la tía conduciendo en silencio hasta casa. Voy en el asiento del copiloto pensando en cómo decirle que ya no estoy con Clau.

—¿Por qué no ha venido Clau?

—No podía.

—Vaya.

Mi madre apartó una de las manos del volante y la acercó a mi muslo, donde dejó una caricia.

—¿Por qué no ha venido papá?

—No podía.

Posé mi mano sobre la suya y la agarré con fuerza.

—Vaya.

56
NIÑATA

Un encuentro de antiguos alumnos es esa cosa que gusta muchísimo a la gente que no tiene vida, o que tiene una vida maravillosa y necesita que todo el mundo lo sepa. Aunque pienso que si tu vida es tan maravillosa a lo mejor no cabe en tu escaleta vital quedar con unos ya desconocidos para contárselo. Pero ahí estaba yo, vestida con mi mejor modelito, fumándome un cigarro mientras buscaba fuerzas en el grupo del Ministerio del Coño.

África
Tía, si te rayas, te vas. O te cagas en la mesa y te vas. Pero te vas.

Sara
Si te vienen malos pensamientos, echa sal dentro de una servilleta y cuenta hasta diez. Me lo ha dicho mi tarotista.

África
Amiga, estamos contigo. No eres la misma que eras en el instituto, o sí, pero no tienes la misma vida. Tienes muchas amigas que te queremos y que si nos tenemos que pegar por ti, nos pegamos.

Sara
Eres importante en nuestra vida y no sería igual si no estuvieras en ella.

África
Y si hay que coger un Alsa a Suances y liarse a hostias, avisa.

Sara
Te queremos mucho. Esa gente no importa ya. Estás por encima de esto. No tienen ese poder sobre ti.

África
He mirado y están los buses a
20 euros. Avisa y voy.

Cojo aire hondo. Podría llorar. Tengo amigas y me quieren, y yo a ellas. Y me quieren mucho. Y yo a ellas. Hay personas en el mundo a las que les importo, estoy en un momento muy diferente en el que estaba cuando era adolescente. Me lo repito en bucle y me acerco a la ubicación que me señala el teléfono. Respiro hondo de nuevo. Cenaré y pasaré desapercibida. Y a casa.

La cena era en un sitio cuyo logo tenía un cerdo con un babero que sujetaba un cuchillo y un tenedor, una imagen bastante representativa de lo que es el instituto: gente que se devora a sí misma. En la cena empecé a hablar con personas con las que a lo mejor había cruzado tres palabras a lo largo de cinco años, la conversación de ascensor más larga que había tenido nunca. Todos contaban cosas de su trabajo, algunos estaban ya casados y tenían hijos, y yo comía alitas de pollo en silencio observando a toda esa gente que hace años se desvivía por copiarme lo que había puesto en el *workbook* de clase de inglés. Cuando compartía algunas cosas sobre mi vida, asentían como si ya lo supieran previamente, supongo que por las redes sociales, y me insistían mucho para saber si la vida en Madrid estaba tan bien como parecía, deseando que les dijera que no. Les dije que era muy feliz en Madrid, que la vida allí era más libre, que había muchos planes y que me gustaba mucho conocer a gente nueva cada día. Me miraron con condescendencia, buscando una mentira en mis ojos que no pudieron encontrar. Madrid era mi hogar, mi nuevo hogar, y me había abrazado tanto desde mi llegada que no podía decir nada malo de él. Que echaba en falta el mar, la comida, a mi familia, pero que me compensaba igualmente. Cambiaron rápido de tema. De golpe y porrazo, un chico con el que me había dado algún beso en el pasado y del que creí estar muy enamorada me dijo:

—No sabíamos que eras bisexual, no nos habías dicho nada.

De repente, parte de la mesa se giró para mirarme con un disimulo cuestionable.

—Es que antes no lo sabía —le respondí.

—Esto es un poco la moda, ¿no? Lo de estar con chicas.

Me costó encajar que comparase el enamorarse de una chica con el estampado de camuflaje, pero decidí seguir respondiendo.

—Para ser una moda, llevo diez años en esa moda.

El chico se quedó en silencio asimilando mi respuesta.

—O sea que ya de los chicos pasas, ¿no?

Empecé a acomodarme en aquella incómoda silla mientras reflexionaba mi respuesta.

—Me gustan las chicas y los chicos, si quieres te hago un dibujo.

Algunos tíos empezaron a aullar y a murmurar en un tono que no sé si no entendía porque no vocalizaban o porque no hablo señoro. Celebraban mi respuesta y se reían del pobre chico que se había acercado a saludarme pensando que podría seguir gustándome.

—Fóllate a quien quieras, pero a María no, que es mía, ¿eh?

Cuando salió esta frase de su boca, señaló a una chica que estaba en la mesa agachando la cabeza con vergüenza. Yo cogí aire para pensar de qué manera responderle educadamente sin cagarme en toda su puta calavera. Pensaba que hablar de una mujer como una propiedad estaba pasado, pero nada como salir de tu burbuja para recordar todo lo que queda por hacer.

—Tranquilo, si le gustas tú, yo no soy su tipo.

Reconozco que no es la respuesta de la que más orgullosa estoy, ni la más sorora, pero disfruto mucho poniéndome a la altura de los tíos a veces, hablando su idioma, diciéndoles «tronco» y otras expresiones, como haciéndoles ver que les entiendo aunque cada vez me siento más lejana a ellos.

Aquella noche terminamos en un antro al que íbamos cuando teníamos dieciséis años, que resultó ser un lugar lleno de gente decrépita, niñatos y personas que tenían pinta de aplaudir cuando aterriza un avión.

Me lo pasé bien, pero tampoco fue la mejor noche de mi vida, me pillé un pedo moderado y descubrí que en estos años fuera había entrenado mucho el aguante con el alcohol. María se disculpó conmigo, se me insinuó en el baño y nos dimos unos besos en uno de los cubículos por pura satisfacción de joder al tonto de su novio, aunque él nunca se enteraría. Me permití ser una niñata, como la del tatuaje del brazo de Dani Martín, aunque luego se lo tapó, lo que me decepcionó porque durante muchos años basé mi personalidad en posar como él en las fotos.

Cuando me despedí de mis antiguos compañeros supe de alguna manera que a toda esa gente, la misma de la que había puesto su nombre junto al mío a boli Bic en sus libretas con un «4ever» al lado, no la iba a ver en mucho tiempo y que quizá si me los encontrase de nuevo, haría como que no los había visto para evitar una conversación que no iría a ninguna parte. Nos han entrenado para rechazar el lápiz durante toda la etapa escolar. Lo importante va a boli, lo que se duda a lápiz. Y creo que necesito escribir mi vida a lápiz.

57
HAMBURGUESA COMPLETA SIN CEBOLLA

Pues al final no era para tanto. Nada era para tanto. Estoy esperando en la puerta del bar al que he ido todas las madrugadas en las que he salido de fiesta durante toda mi adolescencia. Hay un bar en Suances que los fines de semana da de cenar y luego vuelve a abrir a las cinco de la mañana para surtir de bocadillos y hamburguesas requemadas en la parrilla a todos los chavalucos etílicos que necesitan algo que les baje la merla que llevan encima. Me he pedido una hamburguesa completa sin cebolla y me han devuelto dinero pagando con un billete de cinco euros. Cuando ocurren cosas así, se tambalean mis argumentos sobre por qué vivo en Madrid, si con ese dinero no tendría ni para pagar el pan.

Trini, una mujer de unos sesenta años de los cuales llevará más de la mitad regentando el bar, me pregunta si quiero kétchup y mayonesa. Le digo que sí a todo. Mientras escucho el agradable ruido del bote de salsa intentando sacar los restos que quedan en su ser, algo parecido al sonido de un pedo, alimento a Natalia. Le doy un par de bolitas de píxel, hasta que ya no puede más. Juego con ella para compensar que llevo casi todo el día sin hacerle caso. Ha crecido un poco. Igual mi Tamagotchi es ya adolescente. Eso hace que me apetezca cebarla a bolitas para que pase ya a la edad adulta, sin traumas que luego condicionen sus relaciones afectivas. A lo mejor debería relajarme y no preocuparme por el estado de ánimo de un Tamagotchi mientras me aprieto una hamburguesa a las seis de la mañana.

Me siento en un soportal a terminarme la hamburguesa y, por supuesto, se me ha caído en el pantalón parte de la salsa. Al acabarla, me limpio la boca sin ningún cuidado y meto la servilleta dentro del papel de aluminio que cubría la comida, para hacer una bolita que amaso con mis manos hasta que la veo perfectamente redonda. He superado la cena de antiguos alumnos y no ha sido tan duro como yo me imaginaba.

Me sigue latiendo el corazón más deprisa de lo habitual y soy consciente de que se me repetirán escenas de esta velada muchas noches antes de quedarme dormida, pero estoy bien. También siento algo de alivio y liberación. Tengo ganas de contárselo a Clau, pero ya no tengo el derecho de hacerlo. Así que saco a Natalia de mi bolsillo, le doy otra bolita y empiezo a caminar.

Me he pasado la vida deseando que me quieran, no quería otra cosa que sentirme querida, que alguien me dijera «te quiero» y no siempre «yo también». Fantaseaba tanto con tener pareja, con ir de la mano, con poner los nombres en el buzón y todas las cosas que veía en las películas que cuando lo viví, sentí que no era nuevo, que ya lo había vivido. En mi cabeza había reproducido e imaginado tantas veces aquellas situaciones que no me había sorprendido tanto como esperaba, las había normalizado.

Era una realidad: Clau era el pasado. Y, por primera vez, no anhelaba ese pasado. Lo había colocado ahí, donde debía estar, en el pasado. Y aunque sentía que todas esas vivencias estaban conmigo, no quería volver a ese momento. Ya lo había vivido y estaba bien así.

El amor se acaba. Y me había pasado tanto tiempo buscando refugio en él, que sin darme cuenta solo concebía mi existencia completándome con otra persona. Yo, que siempre había criticado ese discurso de las medias naranjas, cuando la realidad era que estaba haciendo lo mismo. Vivía para cumplir los sueños infantiles de una niña que no sabía si lo que deseaba le iba a gustar. Como cuando llegaba a casa el catálogo de juguetes que cada año dejaban en el buzón y rodeaba con un círculo todos los juguetes, incluso a veces el mismo pero en diferentes colores. Como si eso fuese realista y factible, y resolviese todos mis problemas.

Camino cuesta arriba, dándome cuenta de que igual no he elegido el mejor calzado para hacerlo. No está asfaltado y algunas pisadas me hacen resbalar. El recuerdo de subir esta cuesta corriendo a los cinco años me alerta de que igual tengo que hacer alguna sentadilla que otra. O igual no, y simplemente el tiempo pasa y hay que asumirlo cuanto antes para dejar de anhelar momentos que no van a volver. Y que si regresasen, no serían igual, porque yo ya no era la misma.

Llego a casa de mis padres y en el jardín busco a Mati. Mati es un árbol que plantaron mis padres cuando nací. Cuando empecé a hablar le pusimos Matías porque me parecía nombre de árbol y ya la confianza lo dejó en Mati.

Mati era enorme y sus ramas frondosas me protegían de la soledad que me acompañaba cuando era pequeña. Llevo tiempo sin verlo porque de adolescente no me parecía que fuera guay visitar a un árbol con nombre de señor. Ahí está él, pero Mati ya no era enorme ni tan frondoso, ni tampoco mi vista no alcanzaba a ver su copa, que veo perfectamente. Mati había crecido, pero yo también. En mi recuerdo era gigante, y ya no lo es.

58
CAJAS

Abro la puerta de casa con mucho cuidado, para no hacer ruido, y me encuentro a mi madre en la entrada rodeada de cajas de cartón. Me mira en silencio y me sonríe mientras mete en una caja unos álbumes de fotos apilados en el suelo.

Mi móvil vibra en el bolsillo trasero del pantalón. Tengo varios mensajes del Ministerio del Coño. Sara ha mandado una captura de pantalla de una noticia.

POLÉMICAS ILUSTRACIONES EN UN LIBRO LGTB
Los relatos iban acompañados de dibujos
de sexo explícito.
La Asociación de Padres que Abrazan la Tradición
(APAT) anuncia que tomará medidas legales contra la
editorial responsable del escándalo.

África

Cómo me gusta ser tu amiga,

Pau.

Mi madre me mira fijamente y enseguida percibo la preocupación en su rostro.

—¿Todo bien, Paula?

Yo permanezco callada unos segundos más. La miro a ella y miro el móvil y la vuelvo a mirar y así sucesivamente. Bloqueo el móvil y me lo guardo en el bolsillo.

—Sí, ma, todo bien —digo finalmente. Me acerco a ella y le doy un beso en la mejilla—. Trae, deja que te ayude con eso, que todas esas cajas no se van a hacer solas.

AGRADECIMIENTOS

Primero quiero pedir perdón a toda la gente que he descuidado mientras he escrito este libro. Me ha costado mucho luchar con mi síndrome de la impostora, lo he pasado fatal. Diría que no quiero volver a escribir otra novela, lo he pensado durante gran parte del proceso, pero una vez la he terminado ya se me ocurren ideas nuevas. Qué horror. Pero qué increíble es escribir. Así que ahora voy a dar las gracias, que es de las cosas que más me gustan del mundo.

Quiero dar las gracias a Sergi, por saber que era el momento y tocar la tecla que me hizo dar el paso. A Sandra por acogerme entre sus brazos cuando estaba rebotando por las paredes queriendo dejarlo. A (mi) Gonzalo, por toda su sensibilidad dándome la mano en este viajazo que hemos hecho juntos. Ahora es de mucha más gente, aunque primero fue solo nuestro. Y gracias a Temas de hoy por considerar que yo era un tema de hoy.

Gracias a Keepers, mis repres, por acompañarme en todos mis trabajos tantos años y entender que a un libro hay que darle el espacio que merece.

Me gustaría dedicárselo a mi familia, que me han cuidado y me han dado una infancia y una adolescencia muy felices y casi sin traumas. Os quiero mucho. Estoy algo lejos de casa, no me he sacado el carnet y os veo poco, pero gracias por entender que tenía que volar. Y gracias por contarme cuentos todas las noches.

Mamá: soy y existo por ti. Quiero ser como tú. Gracias por ser mi madre.

A Lúa y África: espero que cuando seáis mayores leáis este libro y os guste mucho. Ojalá pudiese conservar toda vuestra pureza en un frasquito y que no se vaya nunca.

A mis amigas y amigos: sois tan importantes para mí que, si lo pienso mucho, podría llorar. Lo más valioso que tengo. Gracias por ser mi familia cuando estoy lejos de mi familia.

A Laura, que ha vivido el proceso conmigo en casa: sin ti habría podido terminarlo, pero muchísimo más triste y bailando en la cocina mucho menos, miamega.

A Urko Vázquez, mi escritor favorito, que sé que te parece genial que te dé las gracias en público y te diga que te quiero, pero te lo demostraré más en persona.

Als meus amics de Barna: us estimo molt i us trobo a faltar. Puta feina.

A mis compañeras y amigas Vicky, Lala y Henar: os admiro, aprendo de vosotras y seguiré viendo y celebrando vuestros logros como si fueran míos.

A los equipos de atrás de los programas y pódcast en los que he trabajado y trabajo. El equipo de atrás siempre es mejor que las payasas que salimos delante.

A Guille y Ángela, mi equipo: sois pequeños y talentosos y os quiero.

A mi fisio Gonzalo, mis entrenadores de JgFitness y mi nutri Elsa por ayudarme a tener este orden mental, este tríceps increíble y a no tener dolor y una contractura cada semana por pasar mucho tiempo sentada escribiendo.

A mi psicóloga, por salvarme la vida.

Al público, que me acompaña en todas las cosas que hago y que después de años sigo sin entender y encajar tanto cariño que recibo. Nunca estaré lo suficientemente agradecida.

Y a ti, esta era la dedicatoria que te merecías.